JN319249

赤川次郎

恋愛届を忘れずに

実業之日本社

実業之日本社文庫

目次

恋愛届を忘れずに

私への招待状

1

「いやになっちゃうわねえ」

と、由紀子《ゆきこ》は言って、ハンドバッグを振り回した。

私は黙って微笑んだ。

いちいち本気で相手をしていたら、きりがない。同じセリフを、由紀子はもう今夜、少なくとも五回——いや、六回は口にしている。

そうひどく酔っているというわけではなかったが、何といってもスナックを三軒回ったのだ。多少、アルコールがきいてきても当然だろう。

「ねえ利江、あんたはいいわね、マイペースでコツコツためてさ」

と、由紀子は夜空を仰いで言った。

「そう?」

「そうよ！　——堅実。それが一番よ。この頃《ごろ》、つくづくそう思うわ」

由紀子は、ため息をついた。それこそ、今夜、何十回目か分らないため息だった。

「大丈夫?　今夜は早く寝た方がいいわよ」

と、私は言った。

「あわてることないって。——明日は何曜日だっけ?」

「土曜日」

「そうか……。休みじゃないの!　休み、万才!」

「由紀子、大声出さないで」

と私はたしなめた。「ご近所がびっくりしちゃうわ」

「こんな時間に、誰が寝てるもんですか。週末よ!」

「でも、みんなが週休二日制とは限らないのよ」

由紀子は、フフ、と笑って、

「利江、あんたって、少し気をつかいすぎるのよ。疲れるでしょ、それじゃ」

私は肩をすくめた。——酔っ払った友だちをアパートへ送り届ける方が、よほど疲れる、と言ってやりたいのを、何とか呑み込んだ。

「そう。いい人なのよ、あんたって。そうなのよ」

由紀子は、一人で納得するように肯《うなず》いている。

「ほら、もうすぐよ」

「分ってるわよ、自分の家ぐらい。――あんなボロアパート、家ってほどのもんでもないけどさ」

「降り出さなくってよかったわね」

と、私は灰色の雲に覆われた空を見上げて言った。

「本当に不思議ね」

「何が？」

「利江みたいないい子に、どうして恋人ができないのかしら」

私は苦笑して、

「いい人ってだけじゃ、誰も振り向いてくれないわよ」

と言った。

「本当ねえ。――世の中って不公平だわ。私や利江みたいな、いい女に、男どもは目をつけない……」

「ほら、着いたわよ。部屋まで送る？」

「いいわよ、大丈夫。どうもありがと」

「本当に大丈夫？　――ほら危い！　階段から転がり落ちるわよ。部屋までついてってあげる」

実際、冗談でなしに、この階段から一度由紀子は落っこちたことがあるのだ。もっとも、それは由紀子のせいばかりとも言えない。この外階段には、手すりというものがついていないのだ。

持主がケチったのだろう。――でも、私のいるアパートだって似たようなもので、ただ私は一階にいて、階段を使わないので、救われている。

「――さあ、着いた。大丈夫？　鍵《かぎ》、開けてあげようか」

「平気、それぐらいはできるわよ」

と手を振って、由紀子はハンドバッグから、鍵を出した。「――ねえ、利江、上がって行かない？」

「やめとくわ」

と、私は首を振った。「これ以上遅くなると、電車がなくなっちゃう」

「いいじゃないの！　タクシー代ぐらい、出したげるわ。何なら、泊ってったっていいし――」

「部屋の掃除や洗濯があるの。明日は朝から働かなきゃ。じゃ、また月曜日にね」

「そう？　――あんたって本当に働き者なんだから」

「何かそれが悪いみたいね」

と、私は笑って言った。

「そう！　悪いわよ。私みたいな怠け者には、あんたの存在自体が、当てつけなんだから」

「一人で文句を言っててちょうだい」

私は、歩き出した。「じゃ、おやすみなさい」

私の足を止めさせたのは、パタパタと外廊下の屋根を叩《たた》き始めた雨の音だった。

たちまち、ザーッと本降りになる。

「ほら、ごらんなさいよ」

と、由紀子が嬉《うれ》しそうに言った。「あんたは私の部屋に上がって行く運命なのよ」

私は苦笑した。

「いいわ。じゃ、小降りになるまでね」

――こうして、結局、私は由紀子の部屋に上がり込むことになった。

私は太田利江《おおたとしえ》。佐田《さた》由紀子とは、七年来、会社で席を隣り合わせている。同期入社で、異動にも当らず、ずっと二人で並んでいるので、社内でも、まるで双子の姉妹か何かみたいに見られて来た。

おかげで――と言うのも妙だが、二十九になって、共に独身。

そんなところまで仲良くする気は、まるでなかったのだ。お互いに。

「――ああ、くたびれた」

部屋に上がると、由紀子は、動く気にもなれないという様子で、座り込んでしまった。

この辺が、私と由紀子の違うところだ。

私は、どんなに疲れていても、やるべきことを全部済ましてから、休息する。

「お茶でもいれる?」

と、私は言った。

「うん。悪いけど、自分でやってよ。分るでしょ」

「分ってるわ」

と、私は台所の方へ行きかけて、「――何か、手紙が来てるわよ」

「ん？　あ、本当だ」

由紀子は、玄関の方へ目をやって、下に落ちている白い封筒に目を止めた。

「何かいい話かな……。でもねえ……」

由紀子は玄関まで這《は》って行って——大した距離じゃないのだから——拾い上げた。

私はヤカンをガスにかけて、

「ダイレクトメール？」

と、訊《き》いてやった。

「いやな予感！　——どうやら結婚式のご招待よ」

と、由紀子は目を見開いて言った。

「まあ、それならいいじゃないの」

「良かないわよ！　自分のじゃないんだから！」

私は笑って、

「一体、どなたの？」

と訊いた。

「分んない。だって——裏に、出した人の名前は入ってないのよ」

「変ね。じゃ、きっと全然違う手紙よ」

「そうね。心当りないしな。友だちはみんな結婚しちゃったから」

「開けてみれば？」

「分ってるわよ！」

由紀子は、封を切って、「――やっぱりよ。披露宴のご招待だわ」

と座り込んだが……。

「――何よ。これ！」

と、大声を上げた。

私は、茶碗《ちゃわん》を出しかけていた手を止めた。

「何よ、びっくりするじゃないの」

「ねえ、見て！　見てよ。これ！」

由紀子は急いで駆け寄って来た。

私は、その厚紙の招待状を読んでみた。

文面はごくありきたりのもので――ただ、普通は、結婚する当人の親たちが招待する形だが、これは、本人たちが招待するという文章になっていた。

最近では、こんな形にすることも、珍しくはない。

でも由紀子が仰天するのも道理であった。

末尾にある差出人の名——つまり、結婚する当人たちの名が、〈上尾雄一郎《あげおゆういちろう》〉〈佐田由紀子〉となっていたからだ。

2

次の日、私が待ち合わせの場所へ行ってみると、由紀子は、もう先に来て待っていた。

これは驚きだった。私は、まず時間に遅れることはないが、由紀子の方は遅刻の常習犯——というより、遅れて来るのが当り前という性格だからだ。

さすがに、事が事だけに、由紀子も気が気ではないようだ。

「じゃ、行こうか」

と、私が促すと、

「気楽に言わないでよ」

と、しかめっつらになる。

「私に当ったって仕方ないでしょ」

私は苦笑いして、言った。

私たちは、あの案内状を出した結婚式場へ行ってみることにしたのである。

ちゃんとした印刷の招待状だし、地図まで入っているから、本物だということは間違いない。

ただ、問題は、当人が、そんなことなど全く知らないということだった。

「私の所にはまだ来てないわよ」

歩きながら、私は言った。

「あれだけだといいんだけれど……」

と、由紀子は不安そうだ。「もし、課長とか、他の子たちの所へ行ってたりしたら、大変だわ」

「電話して来た人はいない？　じゃ、大丈夫よ。きっと」

「そう祈ってるわ」

いつもの元気はどこへやら、由紀子は不安げに言った。「ひどい、いたずらだわ、本当に！」

確かに、悪質ないたずらだった。特に、二十九歳の独身女性にとっては、残酷、とさえ言えるだろう。

それも、相手の男性が上尾雄一郎と来ている。

上尾雄一郎は、架空の男性ではない。会社の営業にいる、確か二十七、八歳の独身青年だ。

上尾雄一郎は、会社の独身ＯＬたちの、熱い視線を集める存在なのである。

人当りが柔らかく、話がうまいというのは、営業マンとしては当然のこととして、長身の二枚目であり、といって、決して乙に澄ましたところもなく、何かと後輩の面倒もみる。

新入の女子社員が、最初の二、三日の間に、必ず、

「あの人、すてきですね」

と言うのが、上尾雄一郎なのだ。

しかも、仕事がよくできるという定評があり、課長にも覚えがいい。

エリートコースを、順調に歩いているのである。

その上尾と、佐田由紀子の結婚式への招待状。——それがもし、社内の同僚や上司へバラまかれていて、しかも後でいたずらだと分ったら……。

由紀子はみんなの物笑いになるかもしれない。神経をピリピリさせているのも当然のことだった。

「——ここね」

と、私は言った。「前に誰かの結婚式で来たことがあるわ」

式場のロビーへ入ると、日がいいのか、披露宴の客が溢れんばかりである。

「凄いわね。こういう所って」

「圧倒されちゃう」

由紀子も目を丸くしていた。

「ええと——ほら、あそこに申し込みのコーナーがあるわ。行ってみましょう」

私たちは、客たちの間をかき分けるようにして、ガラス戸で仕切られた部屋へと向った。

中は割合に広くて、カウンターがあり、数人の女性が、訪れたカップルの相手をしている。

片側には、ガラスのケースがあり、引出物の見本がズラリと並んでいた。

手の空いている人は一人もいなかった。

「仕方ないわ。ちょっと待っていましょうよ」

と、私は低い声で言った。

「うん……」

由紀子は、肯いて、それでも緊張気味に立っている。

私は、ガラスケースの中の引出物を眺めていた。

「――このお皿、すてきね。由紀子、どう思う?」

「やめてよ、そんな話」

「ごめんごめん。そんな怖い顔しないのよ」

「利江はいいわよ。他人事なんだから」

と、由紀子はむくれている。

「落ちついて――ほら、そこ、空いたわよ」

カップルが一組、打ち合わせを終えて立ち上がった。私たちは、その空いた席へと歩いて行った。

係の女性は、四十代の、なかなか上品な感じで、前の組の書類を手早く整理して、顔を上げたが……。

「あ、先日はどうも」

と、にこやかに挨拶した。

私と由紀子は顔を見合わせた。

「あの――先日、申し込みにみえた方ですわね？」

その女性は、由紀子を見ながら、念を押した。

「いいえ！　私、ここに来たの、初めてですよ」

と、由紀子は言った。

「あら、それは申し訳ありません。じゃ、良く似た方だったのかしら。――ともかくおかけ下さい」

由紀子は、すっかり出鼻を挫かれた格好で、座り込んだ。これは、私が話をするしかなさそうだ。

「実は妙なことがありまして」

と、私は言った。

「妙な、とおっしゃいますと？」

「由紀子、あの招待状を」

「え？　――あ、そうね」

由紀子はあわててハンドバッグから、招待状を取り出した。

「これはこちらで出したものでしょうか」

と、私は訊いた。

「ええ。――そうですね。確かに。――あ、それじゃ、やっぱりこの間の方ではありませんの？」

向うも訳が分らない様子だ。

「実はこういうことなんです」

私が、事情を説明すると、向うも驚いたようだった。当然だろう。

「――まあ、それじゃ、全くご存知ない内に？」

「ええ、私、申し込みなんてしてないんです！」

「困りましたわね。それは……」

と、困惑顔。

「申し込みに来たのは、男の人と二人ですか？」

と、私は訊いた。

「ええ。カップルでみえて……。私も、毎日大勢のお客様にお会いしますから、そうはっきりお顔を憶えてはいませんけれども——こちらの方と、似た方だったと思います」

由紀子は、何とも哀れなほど、ポカンとしているばかりだった。

「ともかく——」

と、私は言った。「彼女にはとても迷惑な話なんです。この招待状を出した先のリストはありますか？」

「ええ、ちょっとお待ち下さい」

と、その女性は奥のドアから姿を消した。由紀子は息をついて、

「どうなってんの？」

と、首を振った。

「しっかりしなさいよ。ともかく、これは手がこんでるわ。誰かがあなたの名前を使って、誰か似た子を連れてここへ来て、申し込んだのよ」

「でも――どうして？　そんなことして、何になるの？」

「それは分らないわよ、私にだって」

「いやだわ、もう！　私への当てつけじゃないのかしら」

「こんなに手のかかる当てつけなんて！　これはきっと、何か目的があるのよ」

「そうねえ」

「だって、申込金として、何万円か納めてるはずよ。そんなことまでするっていうのは――」

私は、ふと言葉を切って、由紀子を見た。

「ね、由紀子、もしかしたら……」

「え？　――何よ！　私が嘘《うそ》をついてるとでも思ってんの？」

「違うわよ！　ねえ、上尾さんがもし本当にこれを申し込んだとしたら？」

由紀子は、ただ目をパチクリさせている。

「だから、もし上尾さんが本気であなたと結婚したがっていたとして、勝手にこの申し込みを――」

「まさか！」

と、由紀子は反射的に言って、「——まさか」

とくり返した。

二度目の「まさか」は微妙に違っている。そして、由紀子の頰《ほお》が赤く染まった。

「——お待たせしました」

と、係の女性が戻って来て言った。

「ありましたか?」

「ええ、ともかく、親しい人だけでやりたいというお話でしたので、案内状も、三十ほどしか出ておりません」

「三十……」

向うにしてみれば「三十しかない」だろうが、由紀子にとっては「三十も、」である。

「——あの、それ、全部発送済なんでしょうか?」

と、由紀子がわずかな望みをかけるように言った。

「はい、一昨日、全部発送いたしておりますわ」

由紀子が目をつぶった。祈りたいような気分だろう。

「見せていただけますか」

と、私は言った。

「はい、どうぞ」

私はそのリストをざっと眺めた。

「――どう?」

由紀子が、今にも泣き出しそうな顔で、訊いた。

「ほとんど会社の人よ。課長の名もあるわ。営業の部長さんも」

「ああ……」

由紀子は絶望的な表情で頭をかかえた。

「――困りましたね」

と、係の女性の方も当惑顔で、「こちらとしては、お申し込みがあれば、受け付けないわけにはいかないので……」

「ええ、よく分ります。そちらのせいではありませんわ」

と、私は言った。「ともかく、よく調べてみます」

由紀子の方は、今にも死んでしまいたい、という顔をしていた……。

3

住所だけで、家を捜すというのは楽ではない。

「ああ、また三丁目から遠くなっちゃったわ」

と、由紀子は肩で息をついた。

「変ねえ。――もう三十分も歩き回ってるのに」

私も息を弾ませた。

家にあった社員名簿で、上尾雄一郎の住所を調べて、やって来たのだ。

日曜日だった。いくら営業が忙しいといっても、今日は休んでいるはずである。

あの招待状は、昨日にはほとんど宛先《あてさき》に届いているはずだ。

たぶん由紀子のアパートへ、電話の二、三本はかかっているだろうが、ゆうべは由紀子もそれを避けて私のアパートに泊ったのである。

ともかく、明日になれば、このニュースが全社に広まることは避けられない。だから、何としても今日の内に、上尾に会って、確かめておかなくてはならないのだ。

「仕方がないわ。さっきのバス停の所まで戻ろうよ」

と、私は由紀子に言った。

「そうね……」

由紀子は、いい加減くたびれている様子だった。

「少し休む？　まだお昼前だし、そうあわてることもないわ」

「そうね」

と由紀子は肯いた。

「そこに喫茶店があるわ。入りましょ」

私は重いガラスのドアを押して中へ入った。

明るい戸外から入って来ると、中はひどく暗くてよく見えない。

二人で、ちょっと立ち止って、中を見回していると、

「あれ」

と声がした。「佐田さんと太田さんじゃありませんか」

すぐわきの椅子《いす》に、上尾雄一郎、当人が座っていた。

「上尾さん！」

「珍しいですね。こんな所に何か用だったんですか？」

いつものワイシャツ、ネクタイ姿とは打って変って、コバルトブルーのシャツとジーパンという格好の上尾は、二十四、五に見えた。

いや、青空の下なら、大学生でも通用するかもしれない。

「良かったわ！」

と、私は言った。「あなたを捜してたのよ！」

上尾が目を丸くした。


「――そんなことがあったんですか」

と、上尾は私の話を聞いて、首を振った。「いや、僕も全然知りませんね」

「そう。――何か心当りはない？」

「全然。それに、こんなこととして、一体何が目的なんでしょうね？」

「それが分らないのよ」

「しかし、悪質ないたずらだなあ」

と、上尾も憤然としている。

由紀子は、口をきかなかった。彼女の表情には、微妙に諦《あきら》めの色がある。

由紀子の気持は分った。――かすかながら、上尾が本当にあの申し込みをしたのではないか、という期待があったのだ。

「ともかく、その招待状が行った三十人には、電話して、事情を説明しなきゃいけませんね」

と、上尾は言った。

由紀子が肯く。

「――待って」

と、私は言った。「ね、由紀子、あなたちょっと席を外してくれない?」

「え?」

由紀子はキョトンとしていた。

「いいわ、ここで待ってて。上尾さん、ちょっと奥の席に」

「はあ」

上尾も訳の分らない顔でついて来た。

奥の席につくと、

「お願いがあるの」

と、私は言った。

「何でしょうか？」

「あなた、悪者になってくれない？」

「何です？」

上尾はびっくりした様子で、「あれを出したのが僕だったことにしろと？」

「違うのよ」

と、私は首を振った。「あれを出したのが誰かは分らないわ。それはいつか分るかもしれない。でも、差し当り、あれが誰かのいたずらだってことが分れば、傷つくのは佐田さんなのよ」

「それは……」

「ね？　あなた、大勢の女の子たちに人気があるわ。でも、佐田さんや私は——はっきり言って、婚期を逃したハイミスってことになっている」

「そんなことは——」

「いいえ、事実そうよ。特に、若い女の子たちにはそう見られてるわ。——あの招待状の件が知れ渡ったら、どうなると思う？」

　上尾はゆっくり肯いた。

「――分るでしょう。からかわれるのは佐田さんだわ。彼女が自分であれを出したんじゃないかと言われるに決ってるわ」

「そうでしょうね」

「もちろん、当人に面と向って、そう言う人はいないでしょう。でも陰じゃそんな話が広まるのは、目に見えてる」

「分ります」

「だから、あなたにお願いしたいの。あの招待状が偽ものだってことを黙っていてほしいのよ」

「つまり――本当に結婚する予定だ、と言うわけですね」

「そう。そして、少し間を置いて、あなたの事情で、婚約を解消した、ということにしてほしいの」

「なるほど」

「あなたは非難されるかもしれないわ。女の子たちには、嫌われてしまうかもしれない。でも、佐田さんは、同情される立場になる。少なくとも、みんなに馬鹿にされたり、笑われることはないでしょう」

私は、少し間を置いて、言った。「――もちろん、無茶な頼みだってことは承知してるわ。冗談じゃない、と断られても当然だと思う。それを敢《あ》えてお願いしたいの」

しばらく、間があった。

上尾は、少し目を伏せがちにして、考え込んでいたが、やがて息をついて、

「――分りました」

と言った。「こういう場合、悪役は男が引き受けるべきでしょうね。いいです。その通りにしますよ」

「ありがとう！」

私は頭を下げた。

「やめて下さい」

と、上尾は微笑んで、「デートに、金と時間を取られて参ってたんです。これでもてなくなれば、金を貯められそうですよ」

と言った。

私は、思わず笑い出していた。

「でも——」

と、上尾は言った。

「なあに?」

「いい人ですね。太田さんは」

「そんなことないわ。——佐田さんとは同じ立場だから、気持がよく分るだけよ」

「でも、なかなかそこまではできませんよ。感心しました」

「ありがとう」

「太田さんは結婚しないんですか?」

「専ら、守銭奴に徹することにしてるの」

と、私は言った。

「——ありがとう、利江」

と、由紀子が言った。

「ん？」

「気をつかってくれて」

「いいのよ」

私は肩をすくめた。「お互いさまじゃないの」

――まだ陽は高かった。

「そうね」

と、由紀子は、ちょっと笑って言った。

「そうよ」

私も笑った。

何となく、侘《わび》しい気分ではあったが、それなりに慰められていた。

「ねえ、どこかで買物しない？　デパートの特売場でもあさってみようよ」

と私は言った。

「いいわね！」

由紀子も肯いて、「スカート欲しかったんだ。去年のが入らないのよね。きつくて」

「じゃ、早速くり出しましょ」

私たちは、足を早めた。

4

夜ふけの電話にはギョッとさせられる。

女性の独り暮しとなると、いたずら電話が絶えない。——実際、世の中には、暇な人間がいくらもいるのである。

だから私も電話帳に番号をのせていないのだが、それでもかかって来るときはかかって来る。

あれはきっと適当にダイヤルを回しているのだろう。

そのときも、てっきりそれかと思った。

電話の音で目を覚ましたものの、時計をチラリと見ると、午前二時なのだ。

こんな時間に電話して来る、物好きな友人はいない。——放っておこうかと思ったが、鳴り続けている電話を、にらんでみても、黙り込むわけはなかった。

「分ったわよ……」

と、目をこすりながら、起き出して、受話器を取る。

「はい、太田です」

「太田さんですか」

ひどく切迫した声だ。「上尾です」

「まあ。どうしたの、こんな時間に」

「すみません。大変なことになって。――困ってるんです」

上尾にしては、いやに取り乱している。

「どうしたの？」

「来てもらえませんか」

「今から？」

「ええ。申し訳ないんですが――本当に大変なんです」

どうやら、ただごとではないようだ。

こっちも、すっかり目が覚めてしまった。

「分ったわ。今、あなたどこにいるの？」

「あの――ホテルなんです」

「ホテル？　どこの？」

「渋谷《しぶや》の近くです」

どうやら、ラブホテルの一室らしい。

「場所を教えて。名前が分れば、何とか捜して行くわ」

「すみません」

上尾は、ホッとした様子だった。

ホテルの名前と大体の場所、それに電話番号を聞いて、メモする。

「三十分くらいで行けると思うわ。それじゃ――」

何事だろう？

あの上尾が、こんな風にあわてているというのは、よほどのことではないか。

電話を切ってから、私は急に不安になり、急いで仕度をした。

外へ出たものの、今度はなかなかタクシーが来ない。結局、十五分も待って、やっと拾うことができた。

――あの、偽の招待状の一件から、三週間たっていた。

もちろん、あの翌日から、社内は大騒ぎだった。上尾は、私の頼みをよく叶《かな》えてくれて、由紀子も、それらしく振る舞っていた。

色々と噂も飛んだし、やっかみを言う者もいたようだが、このところ、もう沈静化して、二人のこともほとんど話題にならなくなっている。

哀れなのは私の方で――というより、同情を集めて得をした、と言った方がいいだろうか。

由紀子に先を越された、気の毒な存在というわけだ。

それにしても、そろそろ、夢の破れる時間が迫っていた。あの招待状に記された挙式の日まで、あと十日だった。

シンデレラの馬車がカボチャに戻る時が迫っていた、というわけだ。

それは上尾と由紀子の決めることだから、もう私はタッチしていなかった。

そして――この、突然の深夜の電話である。

一体何が起こったのだろう？

道は空いていたが、ともかく行先がはっきりしているわけではないので、思ったより手間取った。

ホテルを捜し当てたのは、一時間近くたってからのことだったのである。

「――どうしてこんなことに」

私は呟《つぶや》くように言った。

「分りません。もっと早く手を打っておけば……」

上尾は呻くように言って、頭をかかえた。

――奇妙な取り合わせだった。

けばけばしい金ピカの装飾。エリート社員。そして、ベッドに横たわっている、死んだ女……。

それは佐田由紀子だった。

私は絨毯《じゅうたん》から、ガラスのびんを拾い上げた。

「睡眠薬ね」

「シャワーを浴びていて、全然気付かなかったんです」

と、上尾は首を振って言った。

「出て来たら、もう――?」

「眠ってるんだと思ってたんです。息が聞こえたし……。そのびんには全然気が付かなくて」

「そう」

「起こすのも可哀《かわい》そうだと思って。――彼女、疲れてるみたいでしたから」

上尾は、ゆっくりと息を吐き出した。「僕は、冷蔵庫からビールを出して、TVを見ながら飲んでいました。――二十分くらいたったかな。もう、いい加減に起こそうかと思って、そばに寄ってみると……。もう、息をしてなかったんです」

上尾の顔は真っ青だった。

エリートの陽気な人気者も、ここでは面影もない。

「もう少し早く気付いていれば……」

「今さら、そんなこと言ってても仕方ないわよ」

と、私は言った。「由紀子が生きて戻って来るわけじゃないし」

「僕は呆然《ぼうぜん》としてしまって――太田さんへ電話するまでに、三十分くらいたっていたと思います」

「考えましょう」

私は椅子に腰をおろした。「――大体、上尾さん、あなた、いつから佐田さんとこんなことになっていたの？」

　上尾は不安げに手を握り合わせたり開いたりしながら、言った。

「あのあと……一週間ぐらいたって、です」

「どうして？」

「彼女が言い寄って来たんです。本当ですよ」

「結婚してくれ、って？」

「いいえ。――破棄するのは、予定通りでいい、と。ただ、思い出がほしい、と。そう言いました」

「彼女を抱くべきじゃなかったわ」

「分ってます」

　上尾は肯いた。「頭では分っていました。でも――一緒に飲んで、つい、その酔った勢いで……」

「何度くらい彼女と？」

「五、六回でしょう」

「いつもこのホテル？」

「いいえ。ホテルはかえてました」

私は、由紀子の方を眺めた。

「彼女、きっとあなたが本当に結婚する気になってくれるのを期待してたのよ」

「かもしれませんね」

「間違いないわ。——今夜、その話は出なかったの？」

上尾は少し考えて、

「そう言えば——冗談めかして言ってたんです。そろそろカボチャに戻るころだ、って」

「シンデレラの馬車のことね」

「そうです」

——奇妙なものだ。私と同じことを、由紀子も考えていた。

「彼女がそう言いだしたんです」

と、上尾は強調した。

「で、あなたはどう言ったの？」

「そうだね、と言いました。——それだけです」

「きっと、彼女は、違うことを、あなたが言うのを期待してたのよ」

「ええ……」

「もう、カボチャに戻る必要はない、と言ってほしかったんだわ。でもあなたは、そう言わなかった。だから、彼女は、心を決めたのよ」

「でも――でも」

と、上尾は、初めて反抗的な口のきき方をした。「最初からの約束です！　それに――そもそも、あなたが僕に頼んだんじゃありませんか！」

声が、少しヒステリックになる。

「落ちついて」

私は言った。「あなたが騒いでも、事情は良くならないわ」

上尾は、急に元気をなくして、両手に顔を埋《うず》めた。

「どうしたらいいんでしょう？　――こんなことがあったら、会社にいられなくなるかも……」

「いられたとしても、出世はできないわね」

と、私は肯いた。

「人のことだと思って、気楽に言いますね」

と、上尾は弱々しい笑みを見せた。「これまでの僕の苦労は……」

「しっかりなさい」

と、私は遮った。「ここにあなたがいなかったら、それでいいんでしょう?」

上尾は、ちょっと戸惑《とまど》った様子で、

「どういう意味です?」

「簡単よ」

と私は肩をすくめた。「逃げるのよ」

5

佐田由紀子の葬儀は、とても簡素なものだった。

もちろん、会社の同僚たちは、大勢やって来たが、みんな一様にスッキリしない表情だった。

浮き上がっていたのは、上尾である。

当然だろう。彼の立場は微妙だった。

社内では上尾は由紀子の婚約者《こんやくしゃ》だったのだ。

その由紀子が死んだ。しかも、ホテルで、である。

睡眠薬自殺。――何がどうなっているのか、誰しも戸惑って当然だ。

上尾がホテルで一緒だったということを知っていたのは、私だけである。

ホテルでの由紀子の相手は上尾ではないということになっていた。

なぜなら、その時間、上尾は、披露宴の進行の打ち合わせで、私と会っていたからなのだ。

誰も、私の話を疑う理由はないし、それに私が上尾のために嘘をつくとは考えられないのだろう。――由紀子には気の毒だったが、結局、婚約者の上尾と、「謎の恋人」との板挟みになって自殺した、というのが、一般的な見方になっていた。

――由紀子の葬儀の帰り道、私は一人だった。

何人かの同僚はいたが、たいていは私より若い子たちである。

向うの方で、気をきかせて、私を避けていたようだ。仲間を失った気の毒な人、というわけだ。

みんな、どこかの店に入ったらしく、姿も見えなくなった。

少し足を早めると、

「失礼ですが――」

と、声がかかった。

振り向くと、葬儀で見かけた男性が、後を追うようにやって来る。

見たことのない男で、私は、たぶん由紀子の遠い親類だろうと思っていた。

「何か？」

「太田さんですね」

「はい。あなたは――」

「峰山《みねやま》と申します」

四十歳ぐらいだろうか。一見したところは有能なビジネスマンである。

でも、こういう男に、見かけ倒しが多いのも事実だ。

「実は、ちょっとお話をうかがいたくて」

と、峰山という男は言った。

「あの――あなたは、由紀子さんとどういうご関係で――」

「ああ、失礼しました」

峰山は、ちょっと上衣《うわぎ》の内ポケットから、手帳を覗《のぞ》かせた。

「刑事さん？」

私は目を丸くした。

「といっても、これは任務ではないんです。由紀子とは遠い血縁に当りまして」

「初めて聞きましたわ」

「そうでしょう。ともかく、結婚式かお葬式のときぐらいしか会っていませんでしたからね」

刑事というのは、もっと怖い目の、柄の悪いものかと思っていたが、峰山は至って紳士という印象だった。

しかし——こんな親類がいるのなら、これまでに、由紀子から一度くらい話を聞いていそうな気もする。

ともかく、私と峰山は、近くの喫茶店に足を運んだ。

「——可哀そうなことをしました」

席に落ちつくと、峰山は言った。

「ええ」

「いつも、あなたには力になっていただいていたようで、お礼を申し上げておきますよ」

「お友だちでした」

「東京では、ほとんど話し相手もなかったと思います。私は、由紀子の父親とあまり仲が良くなかったので、さっぱり近づかなかったのですよ」

峰山は、タバコをくわえて火を点《つ》けようとした。そして、ちょっとためらって、また、しまい込んだ。

「——禁煙してるんですが、つい手が動きましてね」

その言い訳のしかたがユーモラスで、私は微笑んだ。

「由紀子のことで、何をお訊きになりたいんですか」

と、私は言った。

「どうも——死んだときの事情が、納得いかないものですから」

「と、おっしゃいますと？」

「いや、自殺にしては、曖昧な手段を取っているからです」

「でも、睡眠薬というのは、一番一般的な――」

「もちろん、それはその通りです」

峰山は肯いた。

「では、何がおかしいとおっしゃるのですの？」

と、私は訊いた。

「私は、由紀子が死んだと知って、一応変死事件ですから、検死がされていると聞きました。その結果を見せてもらったのですが――」

「何か、疑問の点でも？」

「いいえ。それなら、検死官がちゃんとそう報告しますよ」

と、峰山は首を振って言った。「ただ、あの睡眠薬は、致死量ぎりぎりでした。体質によっては、助かったかもしれない」

「そうですか」

「だから、もしかしたら……」

と、峰山は言いかけて、少し間を置いた。

「もしかしたら？」

「狂言自殺のつもりではなかったか、と思ったのです」

「狂言……。つまり、自殺しようとするふりをしただけだとおっしゃるんですね」

「その可能性があります」

「でも――もしそうなら、哀れなことだと思いますわ」

「全くです。由紀子としては、男の気持をつなぎ止めようとしたとしか思えません」

「そうですね」

「私は相手の男を知りたいのです」

峰山は、じっと私を見つめながら、言った。

「私にお訊きになっても――」

「しかし、由紀子と一番親しくしていらしたのは、あなたでしょう。会社で、そう聞きましたよ」

「それはそうかもしれません。でも、だからといって、彼女の秘密を総《すべ》て知っていたわけではありませんわ」

私は少し強い口調で言った。

峰山はそれに気付いたらしい。

「いや、申し訳ありません」

と、頭を下げる。「つい、取調べのときのような口調になってしまうんです。許して下さい」

「いえ……。お気持は分ります」

私も、少し力を抜いて言った。

「――こういう仕事をしていますとね、狡い男のために、平和な家庭が壊されたり、当然手に入るはずだった平凡な幸福を奪われた女たちを、いやになるほど目にするんです。腹が立ちますよ」

抑えた言い方だが、そこには怒りがこめられていた。

「男のために、女が罪を犯す。金を横領したり、家のものを持ち出したり、盗んだり、ね……。そんなとき、捕まって刑を受けるのは女です。男の方は、知らん顔だ。あれには本当に腹が立ちますよ」

どうやら、真正直な人間らしい。こういう実直な刑事さんもいるのか、と私は思った。

いや、他に刑事の知り合いなんていないのだが、いずれにしても、もっと横柄だろうと思っていたのだ……。

「いかがでしょう」

と、峰山は言った。「あなたは、会社内の事情にも通じておられると思います。何か、耳に入ったら知らせていただけませんか」

私も、じっと峰山を見返した。

「――分りました」

と肯いて、私は言った。「あまり期待されても困るんですけど、できるだけのことはしてみたいと思います」

「ありがとう」

峰山は、ホッとした表情で言った。「――ところで、一つお訊きしたいのですが」

「どんなことでしょう？」

「婚約していた上尾という人のことです。社内での評判などは、どんなものですか？」

と、峰山は言って、椅子に座り直した。

6

上尾は、落ちつかない様子で、店に入って来た。

中をキョロキョロ見回している。——中が薄暗いので、もう三十分近く座っている私には上尾のことがよく見えるが、目の慣れない上尾の方は戸惑っているばかりだ。

私は手を上げて見せたが、一向に気付かない様子なので、席を立って歩いて行った。

「ああ、そこでしたか」

上尾は笑顔になった。「すみません、社を出るのが、遅れてしまって」

「いいえ。忙しいのに、ごめんなさい」

と、私は言った。「ともかく、かけましょう」

「しかし、太田さん、よくこんな店をご存知ですね」

と、上尾が、おしぼりで手を拭《ぬぐ》いながら言った。

「私だって、時には秘密の話をしたくなることがあるわ」

——喫茶店といっても、はっきりボックスで仕切られていて、話し声も、ほとんど外に洩れないような造りになっている。

東京という所には、本当に色々な店があるのだ。

「——コーヒー一杯二千円ですか！　大したもんだな」

「場所代でしょうね」

「ところで、僕に話というのは？」

「由紀子のお葬式のとき、刑事が来てたの。知っている？」

上尾はちょっとポカンとしていた。

「刑事ですって？」

「そう」

「でも——どうして刑事が？」

私は、峰山の話をくり返してやった。

「——もちろん、私は何も言わないわ。でも社内の誰かが、あなたのことを良く思っていなかったとしたら……」

「しかし、僕は何もしていませんよ！」

と、上尾は少しむきになって言った。

「私は分ってるわ。でも、もしあなたが一緒にホテルの部屋にいたことが知れたら、あの刑事はどう思うかしら？　それに、異常に気付いても、すぐホテル側へ知らせなかったために、由紀子が死んだとしたら……」

「気付いたときは、もう佐田さんは死んでいたんです！」

「でも、あなたは医者じゃないのよ。助からなかったとは限らない、と言われたら……。反論できないでしょ？」

上尾は言葉に詰まった。額に、少し冷汗すら浮かべている。

「でも――じゃ、どうすればいいんです？」

「もちろん、私があなたと一緒にいたんだって頑張れば、大丈夫よ」

上尾は、奇妙な目つきで、私を眺めた。

「もちろん――それはその通りですよ。太田さんだって――そんなことしないでしょう？」

「そんなことって？」

「刑事に、本当のことを話すってことですよ。もちろん」

「言わないわよ」

と、私は微笑んで言って、「――たぶんね」

と付け加えた。

上尾の表情が、少し固くなった。

「たぶん、って、それはどういう意味ですか?」

「たぶん、は『たぶん』で、それだけのことよ」

「――何だか、すっきりしない言い方ですね」

「仕方ないでしょう。『絶対に』とは言えないんだから。――もし、刑事が、あのホテルへあなたと由紀子が入ったのを見たという証人を連れて来たりしたら、それでも嘘をつくわけにはいかないわ」

「でも――それじゃ僕の身の破滅ですよ! もし、罪にならなくても、本当のことを知られたら、きっと会社にはいられなくなります!」

「声を低く」

と、私は抑えた。「いくら、こういう店でも、大声出したら聞こえるわ」

「お願いですよ、約束して下さい」

と、上尾は身を乗り出した。「もともと、佐田さんのために、婚約者を装《よそお》ったのは、あなたに頼まれたせいなんですからね」

「誤解しないで。佐田さんとああいう関係になったのは、あなたの責任でしょう」

「それは——そうですが」

「私は何もそこまでやってくれとは頼まなかったのよ」

上尾は一言もない様子で、目を伏せた。

私は一つ息をついて、

「私だって、偽証罪に問われるのはごめんですからね。そう簡単にはしゃべらないわよ」

と言った。

「すみません、つい取り乱して……」

私は立ち上がった。

「——外を歩かない？」

公園のベンチに座る。

そんな、子供じみた真似が、私ぐらいの年齢になると、却《かえ》って楽しい。

「――いいわねえ、若いカップルは」

と、私は言った。

近くのベンチで、まだ高校生ぐらいの、若いカップルが、人目もはばからずに抱き合っている。

「僕らだとホテルにでも行かなきゃなりませんからね。金がかかる」

と、上尾は笑った。

「こういう所にいると、とても良く似合ってるわよ」

「ひどいなあ、その言い方は」

上尾は楽しげに言った。

「あなたも、お金がいるでしょうね」

と私は言った。「いつもパリッとしてるのは楽じゃないでしょう」

「全くです。女の子と付き合っても、そうケチるわけにはいきませんしね。着るものだけだって、結構大変です。貯金する余裕なんてありませんよ」

上尾の言葉には、実感がこもっていた。「太田さんは、ちゃんと貯金してるんでしょう?」

「そうね。いくらかは。でも――独り暮しで、親に頼れるわけでもなし、安月給じゃ、貯めても、たかが知れてるわ」

「仕方ありませんね、サラリーマンの身では……」

「そう」

と、私は肯いた。「よほど思い切ったことでもしない限りね」

上尾がこっちを見た。

「思い切ったこと?」

「ええ」

「たとえば……?」

「会社のお金を横領するとか、ね」

上尾は、目を見開いて私を見ていたが、やがて、笑い出した。

「いや、凄いことを言いますね。太田さんが、まさか!」

「本気だ、と言ったら?」

私は上尾を見つめながら、言った。

「——まさか」

「本気よ」

——長い沈黙があった。

上尾は目をそらした。

「無理ですよ」

「そう？」

「すぐ捕まる」

「そうとは限らないわ」

「九十九パーセントは——」

「残りの一パーセントになればいいのよ」

私は、上尾の肩に手を回した。「上尾君なら、きっと分ってくれると思って、話すのよ」

「やめて下さい！　僕は——僕は——そこまでお金に困ってるわけじゃない」

「絶対に捕まらないと分っていても、やる気がない？」

「やりませんよ！　とんでもない話だ」

「そう。——でも、会社にいられなくなったら、貯金どころじゃなくなるのよ」

上尾が体をこわばらせた。

「僕を脅す気ですか」

「脅すっていうのは、黙っているから、お金をよこせ、って言うことでしょ。私は、あなたに、儲《もう》けさせてあげようと思ってるのよ」

「でも協力しなかったら——」

「それは私としても保証しかねるわ」

上尾は、少し身を引いて、

「太田さんがそんな人だとは……」

「いくら真面目《まじめ》なＯＬでも、カスミを食べて生きてるわけじゃないのよ」

上尾は、しばらく黙り込んでいた。

当惑と、そして迷い。——迷う、ということ自体、上尾が、私の言葉にいくらか心を動かされていることでもある。

「絶対に捕まらないって——どういう方法なんですか」

ついに上尾が言った。

「ゆっくり相談しましょうよ」

と、私は微笑みながら言った。「ただし、今日のホテル代は、私が持たせてもらうから……」

7

会議というのは、たいていの女子社員にとっては、息抜きの時間である。

でも、それもあまり長引いては、くたびれてしまう。

お昼休みの後、一時から始まった会議は、三十分の予定が、延々と三時までのびた。

ちょうどお腹《なか》も一杯で、眠気のさす時間、起きているのは、大変な努力を要した。

「お茶を入れましょう」

気をきかせたふりで、やっと途中、会議を抜け出す。

若い女の子と二人で、給湯室へ行き、お茶の仕度をしながら、欠伸が出た。

「――太田さん」

という声に振り向くと、受付の女の子がやって来た。

「あら、電話?」

「いいえ、お客様が――」

「私に?」

「ええ。峰山さんとか……」

ちょっと、考えてしまった。――そうか。あの刑事だ。

「すぐに行くわ。じゃ、悪いけど、あなたやっといてくれる?」

と、若い子に言って、私は廊下を歩いて行った。

由紀子の死から、三か月が過ぎていた。

もう、社内でも、由紀子の話が出ることはなくなっていたのだ。

受付の辺りを、峰山がぶらついている。

記憶の中の峰山よりは、少し老け込んだ感じがした。

「――やあ、お仕事中すみません」

と、峰山は愛想良く言った。

「退屈な会議を逃げて来ましたの」

と言うと、峰山は笑って、

「それは良かった。じゃ、ちょっと出ていただいても構いませんか？」

「ええ。三十分くらいでしたら」

「お手間は取らせませんよ」

――私と峰山は、下のロビーへ降りて行った。

喫茶室もあるが、いつも誰か知っている顔があるから、プライベートな話は無理なのである。

「すっかり時間が空いてしまって」

と、ロビーの椅子に腰をおろして、峰山が言った。

「むずかしい事件をかかえていましてね。かかり切りだったものですから」

「大変ですわね」

「いや、もちろん、これが仕事ですから」

と言いながら、タバコを取り出す。

「禁煙してらしたんじゃありませんの？」

と言うと、峰山は、びっくりしたように私を見て、

「いや、これは参った」

と笑った。「——あのときは、色々と面倒なことを申し上げて、すみませんでしたね」

「いいえ。——でも、あまりお役には立てなかったようです」

「正直なところ、私ももう諦めかけていたんですよ」

と、峰山は言った。「こちらも仕事はあるし、いつまでもあの件にかかずらってはいられませんからね」

「ええ、分ります」

と私は肯いた。「社内でも、もうほとんど彼女の話は出ません」

「そうでしょう。——実は、昨日、久しぶりで休みを取りましてね。まあ、ちょっとした用で、出かけたんです。その途中で……」

峰山は、背広の内ポケットから、何やら、パンフレットらしいものを出し、私の方へ差し出した。

——あの、由紀子と訪ねた結婚式場のパンフレットだ。

「これは……」

「由紀子が、式を挙げるはずだった式場なんです」

「ええ、知っています。私も案内をもらいましたから」

「そうでしたね。――いや、あの後のごたごたもあって、式場の方がどうなっていたか、なんてまるで考えなかったのですよ」

峰山は、自分でパンフレットを開いた。

「ちょうど、この前を通りかかって、ふと思い付いたものですから、寄ってみたのです」

「そうですか。――で、何か分りまして？」

「向うの記録を見せてもらったのです。まあ、捜査ではないが、それらしいことを言いましてね」

と、峰山はニヤリと笑った。

「それで――」

「ええ。実は妙なことが分ったんです。いや、ちょうどこれを受け付けた係の女性は、もう辞めてしまっていて、話を聞くことができなかったんですが、記録を見ると、式の取り消し――キャンセルの日付が、おかしいんですよ」

「といいますと？」

「由紀子の自殺のひと月近くも前なんです」

私はちょっと眉《まゆ》を寄せて、

「じゃ、彼女が死ぬ、ずっと前に、もう式場はキャンセルされていた、ということですか？」と言った。

「その通り。妙な話でしょう？　――どうです？」

「ええ……。確かに変ですわね」

「その理由が分らないんですよ。もし婚約を解消していたのなら、由紀子は何も、悩んで死ぬことはなかったわけだし」

「そうですね。ただ――一旦《いったん》、ああして招待状まで出してしまったので、破棄したとは言いにくかったのかもしれません」

と、私は意見を述べた。

「なるほど」

峰山は肯いて、「由紀子ぐらいの年齢は微妙ですからね」

「それに、相手の上尾君は、社内でも、女の子たちの憧《あこが》れの的でした」

「そのようですね。少し話も聞きました。おたくの社の女性の何人かに」

「まあ。知りませんでしたわ」

「公の聞き込みじゃないので、控え目にやりましたからね」

「ですから、あの招待状があちこちに届いて、社内は大騒ぎだったんです。中には、由紀子をねたんでいた女《ひと》もあったと思います」

「婚約を解消したと知られるのは辛かったでしょうな」

「そうですね」

「なかなか言えないままに追いつめられて……。そうか。それならよく分る」

峰山は納得した様子で肯いた。

「ただ……」

と、私は言いかけて、言葉を切った。

「何です？」

「上尾君とは、そのとき、私、披露宴の打ち合わせをしていたんです。でも、彼は何も言っていなかったわ」

「それは妙ですね。キャンセルしたことを、知らないわけがないのに」

「ええ。おかしいわ、本当に」

「上尾という人は、それらしいことを匂《にお》わせてもいませんでしたか?」

「はい。——私が気付かなかっただけかもしれませんけど」

「妙だな……」

峰山は、しばらく腕組みをして、考え込んでいたが、やがて、腕時計を見ると
「いや、こりゃ失礼しました。お時間を取らせて」

「いえ、別に」

「私も仕事の途中ですので、あまりのんびりしちゃいられないんですよ」

峰山は立ち上がると、「では、もし何か、少しでも関係のありそうなことを、思い出したり耳にしたりしたら、知らせて下さい」

と言った。

「はい。出来るだけのことは、私も——」

「どうかよろしく。こちらも忙しいので、なかなか動けませんがね」

峰山は、礼を言って、忙しげにビルを出て行った。

——私は、峰山が戻って来ないのを確かめるために、なお十分間、そこに座って

いた。

それから赤電話の方へ歩いて行く。

電話帳をくって、あの式場を捜し、ダイヤルを回した。

「――もしもし。――予約センターの及川《おいかわ》さんをお願いします」

及川幸代《さちよ》。――あの式場で、私たちの応対をした女性である。

ちゃんと、名札を見ておいたのだ。

少し間があって、係の別の女性が、

「及川はもうこちらを辞めましたが」

と言った。

「まあ、そうですか。実は、そちらでお世話になった者なんですが、とても及川さんに親切にしていただいて、やっと落ちついたものですから、お礼の手紙を差し上げようと思ったので……」

「まあ、それはご丁寧に」

「もしよろしければ、ご住所でも分りましたら」

「分ると思います。ちょっとお待ち下さい」

ややあって、及川幸代の住所を教えてくれる。

「——ただ、今は姓が変っているかもしれません」

「といいますと？」

「ご主人が亡くなったんです。それで、仕事を移ることになって……」

「そうですか。分りました。ともかく、こちらへ出してみます。ありがとうございました」

私は電話を切った。

及川幸代。夫を亡くしたばかり……。

私は、席に戻った。もう会議は終っていた。

——私は、少し考えてから、休暇届の伝票を取りに、席を立った。

8

足取りに、疲れが見えていた。

働いている姿しか見たことのない人の、日常生活を覗《のぞ》くのは、奇妙なものである。

たとえば、ホテルや一流レストランできちっとした身なりで働いている人などを見ても、その人の家庭生活というものを思い描くことはむずかしい。

そんなことを考えさせないのがプロだ、とも言えるだろうが……。

及川幸代にしても、そうだった。

あの結婚式場の予約センターで、カウンターの内側に、シンプルなスーツ姿でおさまっていた彼女と、今、疲れた足取りでスーパーマーケットの中を歩いている女性とは、なかなか結びつかなかった。

しかし、よく見れば、間違いなくあの女性だし、現に私は、彼女の勤め先からこまで、ずっと後をつけて来たのだ。

及川という姓は、変っていなかった。

今日一日だけの、しかも私のような素人の「聞き込み」では、大したことが分るわけもないが、それでも、夫を突然亡くして、彼女がかなり苦労していることは、理解できた。

あの式場を辞めたのも、その給料だけでは、私立中学校へ通っている二人の子供を抱えて、やって行けない、ということだったようだ。

でも、給料のいい職場というのは、それなりに大変である。やはり、何かを売り渡さなくては、お金にはならないのだ……。

及川幸代が、レジを通って出て来ると、

「あの——すみません」

と、私は声をかけた。

「はい」

人の顔を憶えるのが習慣になっているのだろう。私を見て、おや、という表情になる。

「ちょっとお話があるのですけど」

「ええと……どこかでお目にかかりましたかしら？」

「ええ。あの式場の——」

「ああ」

及川幸代は肯いた。「思い出したわ。お友だちが、知らないうちにお申し込みをされて——」

「そうです。よく憶えておいでですね」

「あんなこと、そういつもあることじゃありませんものね」

——憶えていてくれなければ、一番良かったのだが。

私は、彼女を近くの喫茶店に誘った。

「お子さんがいらっしゃるのは存じておりますから、手短にお話ししますわ」

私の言葉に、及川幸代は、ちょっと面食らったようだった。

私は、由紀子があのあと、自殺したことを彼女に話した。

「——まあ、少しも存じませんでしたわ」

「それで、相手の男性も、とても辛い立場に立たされてしまったんです」

「それはそうでしょうね」

「ただ、真実を話せば、死んだ由紀子が可哀そうですし、ここは、彼に堪えてもらおうと思い、事情を説明しました。彼もよく分ってくれて、憎まれ役を引き受けてくれたんです。——もう時間もたって、今では、あのことも忘れられています」

「それでいいんじゃないでしょうか。もちろん、あんなたちの悪いいたずらをしたのが誰かは、問題ですけど」

「ええ。由紀子が今さら生き返って来るわけじゃありませんから」

「そうですよ、本当に」

「ところが――」

と、私は、ちょっと息をついて、「由紀子の親類に当る人で、刑事さんがいるんです。その人が、由紀子の死にすっきりしないものを感じているらしくて、真相を探り出そうとしているんですの」

「刑事さん？」

「ええ。――私も、気持は分りますけど、本当のことが明るみに出れば、死んでからまで、由紀子が、笑いものにされることになりかねません」

「そうですね」

と、及川幸代は肯いた。

「式場のキャンセルをした理由を、本当に知っているのは、その相手の男性と、私と――」

「それと私、というわけですね」

「そうなんです」

私は肯いた。「あの刑事さん、あなたの所にも、やって来るんじゃないかと思います。それで、お願いというのは――」

「分りました」

と及川幸代は引き取って、「特に事情は聞いていません、とお答えすればいいわけですね」

「そうなんです。無理なことを申し上げて、申し訳ありませんが」

「いいえ、別に、手間のかかることじゃありませんもの」

及川幸代の笑顔は、あのカウンターの奥に座っていたときのものになっていた。

私は、彼女の子供たちに、と買って来たお菓子の包みを渡して、席を立った。

――これで、総てが終ったのだろうか？

私は、そう楽観的にはなれなかったが……。


「――酔ってるの」

私は、上尾を押し戻した。「酒くさい人は嫌いよ」

「仕方ないじゃないか」

上尾は、ホテルのベッドに、寝転がった。「いつもびくびくしてるんだ。アルコールでもなきゃ、やり切れないよ」

「顔つきが変って来るわよ。平然としていなくちゃ」

「君ほどの度胸はないんだ」

私はソファに座って、ちょっと苦笑した。

「心配ないわ。――罪は全部、由紀子が引き受けてくれるわよ」

「決算のときには、ばれる」

「それまでに、まだ何百万円かはやれるでしょう。時間はあるわ」

「突然、監査が入ったら?」

「銀行じゃないのよ。そんなこと、まずないわ。たとえ、あったとしても、伝票は全部由紀子の名前で切ってあるんですもの」

「新しいものだと気付かれたら?」

「大丈夫よ。印鑑だって、彼女自身のものなんだから」

上尾は、頭を上げて、私を眺めた。

「――親友に罪を着せて、平気なのか」

「生きてればやらないわよ。死んだ後なら、本人は傷つかないわ」

「怖いな、女っていうのは……」

「自分の行く末を考えているだけよ」

と、私は言った。「──あんまり飲み過ぎないで。へまをやるわよ」

「君と組んだのが、最大のへまさ」

私は笑って、

「後になれば、そう言わなくなるわよ」

と言った。「ちゃんと約束は守る人間なのよ、私は」

上尾は、暗い目つきで私を見ている。

「──その刑事は大丈夫かな」

「疑問を持ったとしても、由紀子の件はもう片付いているんだから」

「横領が発覚したら？」

「そのときは、由紀子の自殺の動機がはっきりするだけ。──それに、会社も、横領を表沙汰《おもてざた》にするとは思えないわ。今は、ただでさえ不況なのよ。悪い材料が流れたら、経営に響くもの」

「それなら警察も手を出さないか」

「届けが出なきゃ、捜査のしようがないでしょう。安心してらっしゃい。あの峰山って刑事も、本業の方が忙しいんだから、その内、忘れるわ」

「だといいけどな」

「弱気なのね」

私は立ち上がった。「――帰るわ」

「おい。泊るんじゃなかったのか?」

「一人で泊って。そんなにびくついている人と寝る気はしないわ」

私はドアを開け、外へ出ようとして、振り向いた。

「飲んだ分は、自分で精算してよ」

――ホテルを出ると、タクシーを拾って、ちゃんと食事のできるレストランへ行った。

預金は大分増えている。一人での食事ぐらい、いくらかはぜいたくしてもいいだろう。

でも――一人きりの食事というものは侘しいものだし、アッという間に終ってしまう。

上尾のような男でも、いないよりはましかもしれない。

――タクシーで、アパートの近くまで行って、降りる。少し、雨がパラついていた。

足を早めて、アパートまでやって来ると、

「太田さんですね」

と、声をかけられて、びっくりした。

「どなた？」

暗がりから、進み出て来たのは、及川幸代だった。

「突然ごめんなさい」

と、彼女は、あの愛想のいい笑顔で言った。「ぜひお話がしたかったものだから……」

9

「上尾君」

と私は声をかけた。

「はあ」

「ちょっと、備品を出すの、手伝ってくれる？」

「はい」

と、上尾は席を立った。

廊下に出ると、私はちょっと周囲を見回した。

「話があるの。屋上へ行きましょう」

上尾は、ちょっと表情を曇らせた。――大体、話を聞いたときの彼の言葉は想像がつく。

「――だから言わないことじゃない！」

屋上で、上尾は言った。「もうやめよう。危険すぎるよ」

風が顔に当って、私は目を細めた。

「馬鹿言わないで。今やめたって同じことよ」

「でも……」

「予定しないことが必ず起こるのが、人生ってものよ。その度に尻尾《しっぽ》を巻いて逃げ出すの？」

上尾は、私をにらんだ。

「僕は、君みたいに開き直れないよ。一か八かの勝負は性に合わないんだ」

「合わなきゃ、合わせてもらうしかないわ」

と私は言った。「でなきゃ、二人とも破滅よ。私の言う通りにしていれば大丈夫」

上尾は、少しふてくされた様子で、肩をすくめた。

「どうすりゃいいんだい？　その女、察してるんだろう？」

「私が何をしてるかまでは分りっこないわ。ただ、あの偽の招待状の一件を、警察に知られたくない事情があるってことだけよ、知っているのは」

「例の、峰山って刑事が、その女の所へ行ったんだな？」

「そう。でも、彼女は記憶にない、と返事をしたそうよ」

私は、屋上の手すりにもたれた。「なかなか頭がいいわ。——全然心当りがない、と言うと、嘘をついたことになるけど、記憶にない、というのなら、後で思い出すことだってあるわけだものね」

「金がほしいんだろ？」

「そう。――あの人も気の毒よ。本来なら、真面目一筋の人なのに、ご主人を亡くして、子供二人をかかえて苦労してるわ。だから、無理をしてるのよ。ゆすりなんてやる柄じゃないのに」

「払ってやるんだろう?」

「仕方ないわね」

と、私は言った。「そう欲の深いことは言わないと思うけど……。ともかく、差し当り百万、渡して口止め料ということにするわ」

上尾は、不安げに、

「それで済むかな」

と言った。

「知らないわ」

「そんなこと言って――」

「そのときはそのときよ」

と私は言った。「いつも冷静でいること。そうすれば、どんなに意外なことが起こっても、あわてずに済むわ」

「僕に、何をしろ、って言うんだい？」

「一緒に彼女と会って欲しいのよ。男が一緒だと分れば、彼女の方も用心するわ。無茶をしなくなるでしょう」

「分ったよ」

「じゃ、今夜、百万持って来てちょうだい」

私は、上尾に場所を告げた。「――さあ、もう戻らないと。仕事、仕事」

「タバコを一本喫《す》ってから行くよ」

「どうぞ、お好きなように」

私は一人で歩き出した。

「――待ってくれ」

と、上尾が声をかけて来る。

「どうしたの？」

「もし――その女が、もっとよこせと言い続けたら、どうするんだ？」

「先のことの心配は、私がするわ」

「分ったよ」

上尾は、タバコをくわえて、ライターで火を点けた。その手が少し震えている。

私は上尾の方へ戻って行くと、

「その前に、ホテルへ寄りましょうか」

と言った。

不思議なものだ。

上尾は、若い女の子たちに、大いにもてる。それなのに、私のような少しくたびれかけた女に、溺《おぼ》れているのだ。

もちろん、彼が私の言うことを聞くのは、私に弱味を握られているからだが、きっかけはどうあれ、こうして関係ができて、しばらく続くと、それはそれで、一つの仲間意識を作っていく。

そして、いくらか上尾にも、男としてのプライドを回復させてやるのだ。そうすれば、上尾はむしろ進んで私に言われた通りにするようになる。

「――時間だわ」

私はベッドから起き上がった。「仕度をしましょう。もう出ないと」

「もう行くのかい？」

「疲れた？」

「ああ」

「今日は頑張ったものね」

と、私は笑って言った。「いいわ、少しゆっくりしてらっしゃい。私、先に一人で行ってる」

「大丈夫かい？　いくら相手が女だって――」

「油断はしないわ。後から来てね」

――私は手早くシャワーを浴びた。

バスルームから出て来ると、上尾はベッドから半分出かけたまま、眠り込んでいる。

私は、ちょっと微笑んだ。

当然こうなることは予想していたのだ。

――これで放っておけば、二、三時間は眠りこけているだろう。

アルコールも入っている。三時間は確実なところだ。

私は、彼の方をちょっと見ながら、かけてある彼の上衣のポケットを探った。プラスチックのクシが出て来る。

これがいい。――私は、そのクシを手に持って、肯いた。

――三時間、という私の予想は、少し外れた。

上尾は、四時間以上も眠っていたのである。

約束の場所に上尾がやって来たのは、もう午前二時を回って、私もいい加減苛立《いらだ》ちが諦めに変るころだった。

及川幸代と会うことになっていたのは、彼女の家に近い、ビルの工事現場だった。

といっても、まだ、ただの空地である。

私は、道に立って、上尾がやって来るのを待っていた。

上尾がハアハアと息をつきながら、走って来る。

「――ごめん！　つい寝過ごしちまって」

「遅かったわね」

「ほんの四、五分、ウトウトしたぐらいのつもりだったんだ。ところが、ハッと起きて時計を見たら……。もうびっくりしてすっ飛んで来たんだよ」

上尾は息をついて「――で、その女は来た？」

「ええ、もちろん」

「そうか。——いや、悪かったよ、本当に」

「いいわよ。仕方ないわ、済んだことですもの」

「そう言われると辛いな」

と、上尾は頭をかいた。「それで、どうだった？　話はついたの？」

私は、百万円の入った封筒を、上尾のポケットに入れた。

「これ、戻しておいて」

「何だ。——受け取らなかったのか。もっとよこせって？」

「そうじゃないわ」

「それじゃ、どうして」

と、上尾は困惑気味。

「彼女に訊いてみて。その空地の中にいるわ」

「まだ？　——この中に？」

上尾は空地に入って行った。

私は、道から動かなかった。

ここで、タバコでも一服すると、気持が落ちつくかもしれない。でも、私はいつも自分を冷静に保っていることで、落ちつきを得るのだ。

上尾はなかなか戻って来ない。

「及川幸代と話が弾んでいるのかしら」

と、私は独り言を言って、笑った。

上尾が戻って来る。——真っ青になっていた。どうやら完全に目が覚めたようだ。

「——何があったんだ」

声は震えていた。

「説明しても仕方ないでしょ」

と私は言った。「起こってしまったことは、もう取り返しがつかないわ」

「君が——やったのか。あの女を殺したのか?」

「そうよ」

「どうして、そんな——」

「声を低く!」

と私は言った。「誰かに聞かれたらどうするの。人里離れた山の中じゃないのよ」

「しかし、殺さなくたって――」

「殺すつもりじゃなかったわ」

と私は首を振った。「話がうまくかみ合わなかったのよ。あの女、自分でも、後ろめたいものだから、むきになって来たわ。それで争いになったのよ」

「でも、どうやって？」

「よく憶えてないわ。たぶん、首を絞めたんだと思う。気が付いてみたら、彼女がぐったりしていて……」

上尾は気分が悪そうだつた。デリケートに出来ているのだ。

「その後、しばらくぼんやりしてたのよ。そして、あなたが来るのを待ってたの」

上尾は、私を見た。

「どうする？」

「どうする、って？　どういう意味」

「このまま、放っておくのか」

「もう死んでるのよ。仕方ないじゃないの」

「しかし……」

と言いかけて、上尾は口をつぐんだ。

自分でも、何も言うことがないのを知っている。ただ、黙っていると不安だから、しゃべっているだけなのだ。

「帰りましょう」

と私は言った。「いつまでもここにいたら、人に見られることもあるわ」

私たちは歩き出した。上尾は、黙りこくっている。

「——ばれるかな」

「何が？」

「決ってるじゃないか、今の……」

「平然としてるのよ。それが一番だわ」

私は言った。「ゆっくり一晩眠るのね。それで気分はおさまるわ」

上尾は何も言わなかった。

たぶん、今夜はもう眠れないだろう、と私は思った。

もちろん、上尾のことである。

10

「今日は本業でしてね」

と言う峰山刑事の表情は、むしろ楽しげだった。

「とおっしゃると？」

私は訊いた。「仕事中なんです。すみませんけど、手短にお願いします」

「ああ、申し訳ありません」

峰山は手帳を出して、開いた。「実は、由紀子の結婚式を担当した予約係の女性が、殺されたのです」

「殺された？」

「ええ。——前に、私がお話したことは、憶えていますね」

「由紀子の式が、ずっと早く解約されていたということですね」

「そうです。その辺の事情を、担当した女性に訊こうと思ったのですが、もう仕事を変っていた。それでも何とか捜し当てて、話はしたんですが——」

「何と言いまして？」

「憶えていない、と言うんです。何しろ、大勢のカップルを相手にしているし、昨今は、間際になってキャンセルになることも多いというので……」

「それはそうかもしれませんね」

「しかし、どうも、その様子がおかしかったんです」

と、峰山は首を振った。

「といいますと？」

「ただの勘ですがね。長いことこういう仕事をしているので、これは正直にしゃべってるな、とか、嘘をついてるな、というのは、たいてい分ります」

「つまり、その女性が嘘をついていた、と？」

「そんな印象でした。だから、少し彼女の身辺を洗ってみようかと思っていた矢先……。殺されてしまったわけです」

「犯人は、まだ？」

「分りません。工事現場で殺されて、財布などは抜かれていました」

「では、強盗か何か——」

「可能性はあります。ただ、そこは、駅への途中でもないし、買物に行く道筋でもない。なぜそんな所へ行ったのか、分らないのですよ」

「つまり、あなたのお考えでは……」

「偶然すぎると思いませんか。私が話を訊きに行った直後に殺されている」

「関連があるとお考えなんですね」

「そう考えるのが自然でしょう」

と、峰山は肯いた。「あの及川幸代という女性は、たぶん、誰かをゆすろうとしたんだと思います」

「そして殺されてしまった、というわけですね。でも、そうなると犯人は……」

峰山は、じっと私を見た。

「いかがです?」

「――何のことでしょう?」

「上尾雄一郎さんですよ。今日、出社して来ていますか」

「ええ」

「どこか様子がおかしいということは、ありませんか」

おかしいどころではない。会った人がみんな、

「どこか具合悪いのか？」

と訊くほど、ひどい様子だった。

あれでは自白しているようなものである。

「ええ」

と私は肯いた。「少し疲れてるようです」

「なるほど」

峰山は肯いた。――もう心の中では、上尾に手錠をかけているのだろう。

「実はね――」

と、峰山はポケットへ手を入れて、「一つお願いがあるのです」

「何でしょう？」

「これを見て下さい」

それは、小さなビニール袋で、中に、プラスチックの細長いかけらのようなものが入っていた。

「何ですの？」

「被害者の服に刺さっていたのです。クシの歯の折れたものですよ」

「ああ、そう言われてみれば――」

私は、そのビニール袋を手に取って、眺めてみた。

「そうも見えますね」

「間違いありません。男物のクシの歯なんです」

「でも、同じクシなんて、いくらでもあるんじゃありませんか？」

「確かに、しかし、中の歯が一本折れていて、しかもこれがピッタリ合うというのは一つしかないでしょうね」

「私に何をしろとおっしゃるんですか？」

「いや、お願いするだけです。あなたは刑事でも何でもない。強制することはできません。ただ、由紀子の友だちでいらしたということに、望みをかけているわけで……」

「はっきりおっしゃって下さい」

「上尾雄一郎の上衣に、たぶんクシが入っていると思います。それを抜き出していただきたい」

私は、ちょっとテーブルに目を伏せた。

「でも、上尾君がどうしてそんなことを？」

「由紀子との婚約を取り消したのには、何か特別の事情があったのかもしれません。それを及川幸代の口から洩らされたくなかった」

「だとしても——人を殺すほどのことでしょうか？　由紀子は自殺したんですよ。殺されたわけじゃないんです。もし、上尾君のせいで由紀子が自殺したとしても、法的に彼を罰することはできないわけでしょう？」

「ご指摘はごもっともです」

と峰山は肯いた。「ただ、ことが公になれば、彼が会社にいられなくなる、ということは考えられるでしょう」

「ええ、それは……」

「それにね——」

と、峰山は少し声を低くした。「私は、どうも、もっと何か別の要素が絡んでいるんじゃないかと思ってるんですよ」

「別の？」

「そうです。もちろん、証拠があって言ってるわけじゃありませんが、それは勘というやつです」

「どういう意味ですの？」

「金ですよ」

「お金……」

「上尾は、なかなか派手な男のようですね」

「ええ」

と、私は肯いた。「何しろ、二枚目ですし、独身でスマートだし……。あれでてないわけがありません」

「しかし、もてる男というのは、また出費もかさむものでしてね。特に給料を余分にもらっているわけでもないし」

「それはもちろんです」

「しかし、女性を連れて歩くとなれば、そういうタイプの男は、必ず自分で支払いをもつでしょう。見栄《みえ》がありますからね」

「ええ」

「そうなると、どうしても金が不足して来ます」

「そういえば、私もそう思ったことがありますわ」

「ほう？」

「親元から通っている人は、たいてい、お金があります。でも、上尾君は独り暮しで、生活費だけでもかなりかかるはずですから、どこからお小づかいを出しているのかしら、と……」

「なるほどね」

と、峰山は肯いた。

「まさか――」

私は、目を見開いて言った。「由紀子が上尾君に貢いでいたとでも？」

「そうかもしれませんな」

「でも、彼女だって、そうお給料をいただいていたわけじゃありません」

「他に金の入るところがあったのかもしれませんよ」

私は少し間を置いて、言った。

「由紀子が会社のお金を？」

「あり得ないことではありません。世間にはいくらでもあることです」

「でも——それなら、もう発覚してるはずでしょう」

「決算期までは大丈夫でしょう。その間にも、上尾があれこれ画策していたかもしれませんよ」

「じゃ、由紀子が自殺したのも?」

「いやになったんでしょうね、そんな生活が」

「でも、そうと決ったわけではありませんわ」

「もちろんです。ただ、そう考えると、上尾があの女を殺したのも分ります。会社を辞めるぐらいのことでは済まなくなる」

「ともかく……」

私は息をついて、「私は上尾君のクシを取って来ればいいんですね」

と言った。

「お願いしますよ」

峰山は立っておっとりと言った。

11

「私、すっかり酔ってしまって」

と、私は言った。「気分が悪くなったんです。それで、上尾君がタクシーで送るから、と……」

「それで気が付いてみるとこのマンションの前に？」

峰山は、いかにも刑事らしく見えた。

何だか妙な言い方だが、事実そうなのだから、仕方ない。——やはり刑事は、事件の現場にいるのが一番似合うのかもしれない。

「それからどうなりました？」

と、峰山が促した。

「ええ……。彼、こんなマンションにいるとは知らなかったんで、びっくりしていると『ともかく少し入って行って休んだ方がいいですよ』と……」

「で、この部屋へ来た」

「そうです」

それほど高級なマンションでもない。ここは、私がすすめて、上尾に借りさせたのである。ほんの一か月ほど前のことだ。

「申し訳なかったですね」

峰山は首を振った。「こんな危険なことになるとは思っていなかったので。——全く面目ないことです」

「いいえ。私がお引き受けしたんですから」

と私は言った。「それが——」

と、テーブルの上を指して、

「彼のクシです」

「なるほど」

峰山は、それに顔を寄せて、「——一本、歯が欠けてますね。色も材質も同じだ。まず間違いない」

私は、頭を振った。「大丈夫ですか？」

「ええ。まだ少しアルコールが残っているようです」

「彼は、あなたに襲いかかったんですね」

「さあ……。襲いかかるほどの女でもないと思いますけど、私」

と、私は弱々しく微笑した。「彼としてみれば、この部屋へついて来たからには、自由になるのが当り前、と思っていたんでしょう。私が逆らったので、カッとなったんだと思います。——争いになり、私、何とか彼の手から逃れました。ベランダへ出ると戸が開いていて……」

「そこへ逃れた」

「這い出たんだと思います。彼、追って来ました。何がどうなったのか、よく分かりません。ただ、アッ、と声がして——彼がいなくなっていたんです」

「自分も酔っていたんでしょうな」

と、峰山は肯いた。「飛び出した弾みで、ベランダから落ちた。——六階からではね。即死ですよ」

「何だか、後味が悪くて」

「当然ですよ。まあ、しかし自分を責めてはいけません。——責任は、こんな無茶をお願いした私にある。ともかく、あなたが無事で何よりでした」

峰山は自分を納得させるように、肯いた。

「私——もう帰ってもよろしいでしょうか？」

「もちろんです。また後ほど、お話をうかがうことになると思いますが」

「では……」

と、私は立ち上がった。

「パトカーで送らせますよ」

「いえ、大丈夫です。パトカーなんかで帰ったら、ご近所の方がびっくりしますわ」

「なるほど」

と、峰山は笑った。「では、せめて下まで送りましょう」

——そろそろ真夜中だった。

マンションの前には、何台かのパトカーがいる。さっきまで、野次馬《やじうま》が集まっていたが、今はもう誰もいない。

上尾の死体も、もう運ばれていた。ただ、後には、白墨で描かれた人の形と、乾いた血だけが、妙に生々しい。

「タクシーが来た」

と、峰山が手を上げて停めてくれた。

私は、礼を言って乗り込むと、アパートへ向った。

峰山が、マンションへ戻って行くのが、バックミラーにチラリと映った。

私は、大きく深呼吸をした。

これで終った。――いや、全部が終ったわけではないのだが、ともかく一番の難所は、切り抜けたのだ。

私はいつしか、笑顔になっていた。

上尾のことは――そう、可哀そうな気がしないでもない。

散々酔った挙句、風に当たりにベランダへ出て、私に突き落とされたのだ。

誰も、見ていたものはいないはずだった。

大丈夫。――私はいつも、充分用心深いのだ。

由紀子と上尾の名で式場の予約をしたときも、由紀子の好みの色のスーツ、似た髪型にして行った。

そうしてみて、私は、由紀子とあまりによく似ているので、我ながらびっくりしたものだ。

同時に、ゾッとした。

いやだ。二人して、このまま老け込んで、ただ仕事に明け暮れる――それも、決り切った、面白くもない仕事ばかり――そんな風に、一生を終りたくない、と思った。

学生のころ知っていた男性を誘って、女性雑誌の取材だと言って、花婿役になってもらった。

そして、あの招待状……。

私は由紀子が上尾にひかれていることを、よく知っていた。

同時に上尾が、いつもお金に困っていたこと、そして意志の弱い、誘惑に負けやすい男だということも。

上尾は、利用するには最適の男だった。

由紀子には、気の毒なことをしたと思う。

でも、人生は闘いだ。生き延びるためには、友人さえ裏切ることがある。

私の予想通り、由紀子と上尾は本当に関係ができた。――由紀子は追いつめられていた。

何としても、上尾を我がものにしたい、と思っていたのだ。

私は、彼女に、狂言自殺をやったら、とすすめた。

上尾は気が弱い。きっとあなたの言う通りにするわよ。

でも、やるなら、狂言と分らないくらい、真剣にやらなくちゃいけないわ。

由紀子は、決死の表情で肯いた……。

私は睡眠薬を渡してやり、ぎりぎりの量を教えた。――もちろん、少し多目に言ったのだ。

すぐ、上尾が気付いていれば、由紀子は助かったろう。でも、彼はうかつな人間だ。

私はそこに、一つの賭けをしていた。

由紀子が助かれば、この計画はもうやめる。死ねば――徹底的にやる。

由紀子は死んだ。

後は、上尾を言うなりに動くよう、仕向けて行くだけだった。いわばアメとムチで。

上尾のような、精神的に発育不全の男など、扱うのは簡単だ。由紀子の名で、古い日付の伝票を作って、私の手に入ったお金は、たぶん五千万くらいだろう。

これで、一生食べていけるわけでは、もちろん、ない。しかし、少しは自由な生活ができる。

まず会社を辞める。そして、しばらく旅行でもして、何もかも忘れて、新しい生活を始めよう。

どこか、地方の小都市にでも住んで。

——及川幸代のことは気の毒だった。

でも、上尾を死に追いやるには、いい機会でもあった。ただ——及川幸代の、二人の子供のことだけは、気にかかる。

上尾の死には、私は一向に責任を感じない。

あれは「自殺」で、ただ私はそれに手を貸しただけだ。

ああいう男は、早晩、何か間違いをして、身を滅して行くに決っている。私はそれを少し早くしただけだ。

ともかく終った。

後は、横領が発覚して、社内が大騒ぎになるのを待つだけだ……。

——私は、タクシーの座席で、いつしかウトウトしていた。

12

次の日、峰山を始め、数人の刑事が、会社へやって来て、騒ぎが始まった。

調査の結果、五千三百万円ほどの横領が明るみに出たのは、一週間ほど後である。

もちろん、事件は新聞に報道されて、会社は大打撃を受けた。

そんな中では、私の退職も、一向に人目をひかなかった。

会社としては経営を立て直すためにも、人を減らす必要があったから、喜んで退職を認めてくれた。

退職金は規定の半分しか出なかったけれど、私は素直に呑んだ。

——当面はすることもなく、ぶらぶらしていた。

時間に縛られない生活を、思い切り楽しんでいたのだ。

でも、長年の貧乏暮しの悲しさか、一週間もすると、却って苛々して来る。前から考えていた、旅行のプランを立てようと、旅行社へ行って、沢山のパンフレットをもらって帰って来た。

部屋に寝転がって、一人でパンフレットを眺めていると、電話が鳴った。

「はい。――まあ峰山さん」

峰山は話がしたいと言って来たのだ。

――何だろう？

いささかの不安がないわけでもなかったが、とにかく私は、峰山の待つ喫茶店へ出向いて行った。

「――いや、すっかり片付きましたよ」

と、峰山はリラックスした様子で言った。「あなたのおかげです」

「とんでもありませんわ」

と私はアイスクリームをつつきながら、言った。「でも、由紀子の敵がとれてよかったですね」

「全くです。ただ……」

と、峰山は言い淀《よど》んだ。

「何か?」

「まだ、何か?」

「いや、一つ引っかかることがありましてね」

「五千万円の使いみちです。上尾が、五千万も由紀子に横領させて、何に使ったか、となると――さて、それらしいことが、全然出て来ないんですよ」

「他の女性とか――」

「たぶんね。それしか考えられません」

「あの人は見栄っぱりでしたもの」

「そのくせ、服も靴も、大したものじゃないんです。どうも、そこがね……。五千万もあれば、もっと派手に遊んでいてもよさそうなもんだが」

「貯めるのは大変ですけど、使うのは簡単ですわ」

「全くです」

と、峰山は笑った。

「あの——今日はどんなご用だったんですか？」

「いや、実はね」

と峰山は座り直した。「由紀子の遺品を整理する暇がなかなかなくて、昨日、やっとあの子の部屋を片付けたんですよ」

「何かありまして？」

「——あの子は日記をつけていたんです。ご存知でしたか」

「日記……」

「私もすっかり忘れていたんですが、小さいころから、毎日、日記だけは欠かさずつけていたものです」

「知りませんでしたわ」

「そうでしょう。そこに書いてありましたよ。偽の招待状の一件がね」

私は黙っていた。

「あれは、あなたが出したものですね。——由紀子自身、それを察していたのです」

私は、ギクリとした。

「最後のページ——死ぬ前のことですが、そこに、由紀子は書いていました。あの招待状のことで、妙なことに気が付いた、と」

「妙なこと？」

「そうです。招待状がなぜ、由紀子の所へ早く着いたのか、ということです」

「早く……」

「同時に出したものが、他の人たちの所より一日も二日も早く、由紀子の手もとに届いている。——考えてみると、あれは、あなたが自分の手でポストへ入れたのじゃないか、というのです」

私はテーブルに目を落とした。

「それに、招待状が、当人の所へ来るというのも妙なものでしょう。まあ、たとえ、そういうことがあったにしても、郵送したのなら、一つだけ早く着くはずがない」

峰山は、少し間を置いて、「どうです？　正直に話してみませんか」

と言った。

「峰山さん」

私は、真っ直ぐに、峰山の目を見つめた。「私は、お話が何のことかさっぱり分かりませんわ」

「ほう。しかし、由紀子の日記にはっきりと——」

「それが事実だと、どうして分りますの？　由紀子の想像の産物ではない、と」

「あなたはつまり——」

「由紀子は自殺したんです。お金を横領したと知られるよりは、もっと何か、他の事情で死んだことにしようと思ったのかもしれません。日記にそんな話を創作して、遺書の代りにしたのかもしれませんわ」

「なるほど」

「いずれにしても、私はそんなことは一切否定します。どちらが正しいか、客観的に判定できますか」

峰山は、じっと私を見ていたが、やがて、軽く声を上げて笑った。

「——いや、大した人だ。あなたは」

「どういう意味ですか」

「私も、あなたを逮捕する具体的な証拠を持ってはいない。たぶん、あなたが上尾を操り、及川幸代を殺したんでしょう。しかし、何の証拠もない」

「残念ですわね」

「全くです」

と、峰山は肯いた。「ともかく、あの事件はもう片付いてしまった。今さらかき回しても、上司は喜びません」

「どうなさるんですの？」

峰山は肩をすくめた。

「お好きなように。しかし、私はあなたから目を離しませんよ」

「脅しですか」

「まあね。――もちろん、私には任務がある。いつもあなたを見張ってはいられません。しかし、時間ができたら、あなたの後を追いますよ。いつ、尾行されているか分らない。そんな気分を、たっぷり味わって下さい」

峰山は立ち上がった。「ここは払っていただきましょうか。何しろ五千万もお持ちなんだから」

一人になると、私は、ゆっくり息をついた。

「――強がりだわ」

と呟く。

あんな貧乏刑事が、いつまでも私を追い回していられるわけがない。

それに、いくら追い回しても、証拠が何もないのだ。私を逮捕することはできない。

そう。——何も心配することはないんだ。私は外に出て、歩き出した。

由紀子が日記をつけていた。

思いもかけないことだった。

どんなに考え抜いたつもりでも、人間のやることには、必ず見落しがある。それが人間的なのだ。

何か、とんでもないことで、私も逮捕されるかもしれない。

でも、それは私の力の及ばないところでの話だ。心配しても仕方ない。

——逮捕状か。

それも一種の「招待状」には違いない。ありがたくもないご招待だが、こればかりはお断りするというわけにはいかないのだ。

でも——大丈夫。そう、きっと、大丈夫だ。

ふと振り向いた私は、一人の男を目に止めた。

刑事かしら?　——まさか!　気のせいだわ。
私は足を早めた。
振り向くことが怖かった。どうしてだろう?　しっかりして!
私は急いで歩くことばかりに気を取られていたのだ。
赤信号だった。私は気付かずに、そのまま車道へ足を踏み入れていた。

恋愛届を忘れずに

1

「捕まえたわよ!」

いきなり腕をつかまれて、耳もとでそう叫ばれたら、まずたいていの男はびっくりするだろう。

吉原和司《よしわらかずし》が、いくら女好きで、女にもてたい、女に言い寄られたいと思っていたとしても——実際には、二十一歳の青年として、人並みに女性に関心を持っていただけであることは、本人の名誉のためにも、言っておかなくてはならないが——しかし、銀座の人混みのど真ん中、それも午後の二時という、大いに目立つ時間に、こんな風に女性に捕まえられるというのは、あまり歓迎できなかった。

吉原和司は、大学生である。といっても、大学へあまり行かず、アルバイトの方にせっせと出席しているという、平均的(?)大学生だ。

今日、和司は結構上機嫌であった。金が入ったばかりだったからである。

別に、思いがけない収入ではなく、ちゃんと昨日まで働いたアルバイトの報酬として受け取ったのだから、入って当然の金なのだが、やはり、ただ、入ると分っているのと、実際にその金がポケットにあるのとでは、気分も決定的に違うのだ。

さて、金はあるし、時間もある（本当は講義に出るべきだが、それは別として）。久しぶりに大学へ行って、礼子《れいこ》に声をかけようかな、と思っていた。

もっとも、礼子の方だって、大学へ行っているかどうか定かではない。ただ、至って金持なので（もちろん親が、である）、アルバイトに精を出す必要がなく、その分だけ、大学に行っている確率も、和司よりは、やや高かったのだ。

しかし、その前にまず昼飯を食べて、というわけで、和司は、いつもよりは少し金をかけて、この辺のサラリーマンがよく入るレストランで、〈Aランチ〉というのを食べた。八百円、という値段は、大学のランチの倍以上だが、味の方も、競争が激しいせいか、そう悪くない。

まあ満足して、その店を出ると、もう二時。早く行かないと、礼子をつかまえられないな、と考えつつ、その前に礼子の家に電話してみようか、でもあそこのお袋さん、俺《おれ》が電話するといい顔しないんだよな、などと迷いながら歩いていた。

そこへ――いきなり、

と来たのだから、びっくりしたのも当り前で……。

「捕まえたわよ！」

「おい、何だよ！」

と、和司は手を振り離そうとしていた。

しかし、相手は、がっちりと和司の腕を握っているのだ。

「さあ、返してよ！　早く返しなさいよ！」

と、大声で騒いでいるのは、見たところ、たぶん十八、九の女の子――どう見ても礼子ではなく（当然だが）、かつて付き合ったことのある女の子でもない。

大体、格好からして、大学生ではない。何とも古くさい――というかクラシックな「事務服」というやつを着込んでいるのだ。紺色の、だぶだぶの上っぱりというデザイン。

今では、めったに見られなくなった類《たぐい》の、「時代物」の事務服だった。

着ている子の方も、その意味ではよくバランスが取れていて、つまりは、かなり野暮ったい感じの、小柄でややふくよかなタイプだった。

どこかの実業高校を出て上京して来たばかりというところだろう。

しかし、それだけに、両足をドンと踏んばって、和司をしっかり捕まえた、その力はなかなかのものだった。

「おい、待てよ。何を言ってんだ？」

和司は言い返した。

「ごまかしたってだめよ！」

と女の子は、さらに大きな声になって、「早くあの封筒を返して！」

「何だって？　おい――ともかくな、そんなでかい声出さないでくれ」

通りがかりの人たちが、みんな和司の方を見て行くのだ。

「さあ、どこに隠したのよ！　早く出さないと、警察へ突き出すからね！」

どうやら、女の子の方は本気らしい。顔を真っ赤にして、ただでさえ大きな目をギョロリと見開いて、和司をにらみつけている。

「人違いすんなよ！　俺が何を隠したっていうんだ？」

「私の封筒を盗んだくせに！　ちゃんと見てたんだからね」

「俺が？」

「そうよ。そこの〈ポレム〉って食堂で」

「食堂ね。──〈ポエム〉のことだろ？」

「そ、そんなこといいじゃないの！」

と、女の子は、ますます顔を赤くした。

「まあ待てよ」

和司は、ともかく道の真ん中でやり合いたくないので、女の子を促して、傍《そば》のビルの方へ歩いて行った。

「──確かに俺、あのレストランで飯を食ったぜ。だけど、君の封筒なんか知らない。本当だよ！」

「嘘《うそ》ついたってだめ！　ちゃんと店から出るところを見たのよ、封筒持って」

「俺が？」

「顔は見えなかった。後ろ姿だったからね。でも、その赤いジャンパーとジーパンは、ちゃんと……」

女の子の視線が、和司のクリーム色のスラックスに落ちる。「憶えて……でも……違うわ」

威勢の良かった声は、たちまち囁《ささや》くような声までダウンして、同時に、女の子の顔がサッと青ざめた。

「分ったかい？　人を泥棒呼ばわりするのなら、よく見てからにしてくれよな」

和司が腰に手を当てて言い返したのも、まあ当然のことだったろう。

「私――あの――ごめんなさい――」

と、今度は、まるで地面にまで届きそうな勢いで何度も頭を下げる女の子に、和司は逆に困ってしまった。

「本当にすみません――私――」

「いいよ。もう分ったから」

と、和司は苦笑した。

こうも謝られては、怒っていられやしない。

「それよりさ、何か盗られたんだったら、交番へ行ったら？　取り戻せるかもしれないぜ」

和司がそう言うと、女の子は、いきなり両手で顔を覆って、泣き出した。和司は面食らって、

「おい、どうしたんだよ？」

「盗まれるなんて――あんな大事なものを――もうだめだわ！　私、会社へ戻れない！」

女の子は、悲痛な声でそう言うと、その場にしゃがみ込んで、ワーッと声を上げて泣き出してしまったのだ。

「お、おい、よせよ。――なあ、泣くなよ――頼むからさ。人が見てるじゃないか。――泣かないでくれったら」

今度は和司の方が青くなる番だった。


「吉原君の顔が見たかった！」

礼子は、やっと笑いをこらえて言った。

「人のことだと思って！」

和司が渋い顔でソファに腰をおろす。

「だけど――ねえ、あなたにとっちゃ、笑い事じゃないんだものね」

と、礼子は、傍に、力なくうなだれて座っている事務服の子の方に向いて、真顔で言った。

——ここは、多田《ただ》礼子の家である。

かなりの金持であることは前述の通りで、ここは礼子専用の居間だった。つまり、一人っ子なので、この広い家の部屋を、いくつも使っているというわけだ。

家そのものはかなりの年代を経た日本家屋だが、礼子の使っている一角は、モダンな内装に、作り直されている。この居間だけでも、十畳分以上のスペースがあった。

「さあ、紅茶でも飲んで。少し落ちつくわ」

と、礼子が言った。

「すみません……」

「あなた、お名前は？」

「あの……安永恭子《やすながきょうこ》です」

——この女の子がここにいるのは、和司が泣きやまない彼女に困り果て、ともかくタクシーを拾って、彼女を押し込み、ここへ連れて来たからだ。おかげで和司はタクシー代を損したわけだが、礼子が家にいたのは、まあ幸いだったと言える。

安永恭子と名乗った女の子は、おずおずとさめかけた紅茶を一口飲んで、

「──すみません、ご迷惑かけて」

と、頭を下げた。

「いいのよ。どうせ退屈してるんだもの」

礼子は、微笑して、「一体何があったの？　よかったら話してみてちょうだい。この吉原君も、頭は大したことないけど人はいいの。力になってくれるかもしれないわ」

和司は礼子をにらんだが、否定もできないのが辛《つら》いところだった。

「はい。でも──もうどうにもならないことですから」

と、安永恭子は力なく言った。

「だめでもともとじゃないの。だったら、話してみたら？　会社の方へ連絡を取るんだったら、そこの電話を──」

「いいえ、会社には──」

と、言いかけて、声を落とし、「会社へ行くときは、辞表を持って行かなきゃならないんです」

「まあ、深刻ね」

と、礼子は首を振って言ったが、もちろん働いたことなんかない身である、一向にピンと来てはいないのだった。

「盗まれたのは何だったたんだい？」

と、和司が訊《き》いた。

「重要書類なんです、会社の」

と、恭子は言った。

「そんなに大切なものなの？」

礼子が紅茶のカップを手にして、言った。

「ええ。うちの社の将来がかかってるんです」

「へえ。だけど、そんなに大事な書類を君一人に持たせるなんてこと、するのかなあ」

「吉原君の言う通りだわ。そんなの、持たせた会社の方が悪いわ」

礼子は肯いて、「それとも、あなたの会社って、社長さんとあなたしかいないの？」

「いいえ！」

恭子が、やおら胸を張ると、「我がM建設機械工業株式会社は、社員数二百、創立四十年を誇る業界の中堅企業として、確かな評価を確立しており――」

とやり出したから、礼子はふき出してしまった。

「分ったわよ！　二百人の社員ってのが、どれくらいのもんなのか、私にはよく分らないけど、ともかくあなた以外にも社員がいるってことは分ったわ」

「すみません」

恭子が、ちょっと赤くなった。「入社のとき暗記させられたもんですから、つい出ちゃうんです」

「まあ、大変ね、ＯＬ生活も」

礼子は微笑んで言った。「で、事の起こりは？」

「ええ。今朝、課長の峰島《みねじま》さんのところへお茶を持って行ったときでした――」

と、安永恭子は、やっと気を取り直した様子で話し始めた。


おかしいわ、と恭子は思った。

いつもの通り、恭子は課長の峰島の机に、お茶を置いたのだった。湯呑《ゆの》み茶碗《ぢゃわん》は、峰島専用の大きなもので、よくお茶を飲む峰島には、これでないと間に合わないのだ。

恭子は、そのM建設機械工業に入って一年もたたない新米だが、少なくともお茶出しにかけてはベテランになっていて、所属する庶務課一人一人の好みも知り尽くしていた。もっとも、全員にいちいち違った茶は出せないが、少なくとも課長の峰島には、少し濃い目の、熱くて舌を火傷《やけど》しそうなお茶を、きちんと出していたのである。

それは別に上役のご機嫌を取ろうなどという下心あってのことではない。大体、上京して来てそう間がないまま、ここへ就職した恭子に、野心などあろうはずもなかったのだ。

恭子が峰島に妙に気をつかっているのは、この四十代半ばの、少し頭の禿《は》げ上がった課長に、ほのかな思いを寄せているからで……。

ただし、恭子にとって、オフィス・ラブなどというのは、美容院で読む女性週刊誌の中にしか存在しないものだったから、峰島への思いといっても、それは、小学生が先生の一人に心ひそかに憧《あこが》れるのと大差なかった。

実際、峰島は、優しくてよく気のつく、人柄の良さそうな男で、社内の女性たちにも人気がある。入社早々の恭子がポーッとなっても不思議はなかった。

——この朝、いつもの通り、九時の始業のチャイムが鳴る五分前、恭子は、峰島の所へお茶を持って行った。

「おはようございます」

と、挨拶《あいさつ》しながら、大きな茶碗を机に置く。

いつもなら、峰島の方もニッコリ微笑んで、

「やあ、おはよう」

と、返事をし、茶碗をすぐに取り上げて、一口ガブリと飲む。「——旨《うま》いな!」

それで、恭子の爽やかな一日が始まるのである。ところが、今日は少々様子が違っていた。

恭子が挨拶をしたのが、まるで耳に入らないように、峰島は、ひどく難しい顔をして、何やら考え込んでいるのだ。恭子も、気にはなったが、それ以上声をかけるのもはばかられて、軽く頭を下げ、そのまま戻ろうとした。

そのときになって、峰島はやっと気付いた様子で、

「ああ、ありがとう、安永君」

と声をかけた。

「いいえ」

少しホッとした恭子が振り向いて微笑む。峰島も、やっといつもの彼らしい笑顔を見せ、大きな湯呑み茶碗を取り上げた。

――しかし、峰島に、何か大きな心配事があるらしいのは、恭子にも分った。

朝、仕事が始まってからも、峰島はいつになく落ちつかず、何度も席を立っては、十五分ほどして戻って来るということをくり返していたのだ。大体、峰島がほとんど席にいないということからして、滅多にないことだった。

恭子は、お昼少し前から、空いている会議室の一つに陣取って、小山のような封筒を、宛先別《あてさきべつ》に分ける仕事をしていた。

「――これは都内。――都下。――ええと、大阪、名古屋、と……」

机一杯に、地域別の山をいくつも作り、右へ左へ、配って歩いている内に、頰《ほお》がほてって、額に汗が浮かんで来た。

「あと五分で昼休みか」

壁の時計を見上げて、一息ついていると、

「頑張ってるね」

と、声がした。

いつの間にか、峰島がドアの所に立って眺めていたのだ。

「課長さん！　――見てたんですか？」

恭子は真っ赤になってうつむいた。

「ごめんごめん」

峰島は、ちょっと笑って、「いや、あんまり熱心にやってるんで、声をかけにくくてね」

と言うと、中へ入って来た。

「――安永君、今日の昼は、誰かと食事の約束でもしてるのかい？」

「いいえ、別に……」

「そうか。実は、ちょっと話したいことがあるんだ。よかったら付き合ってくれ」

「はい」

「隣のビルの地下二階に、〈F〉という店がある。知ってるかね？」

「ええ。――伝票を切ったことがあります。行ったことないですけど」

それはそうだろう。その店は、高級フランス料理の店で、およそ恭子のような安月給のOLではランチも食べられないという値段だったからだ。

「峰島という名で予約してある。他の社員より少し遅れて出て来てくれないか。これは、絶対に秘密だ。――いいね？」

峰島の口調は真剣だった。恭子は思わず、ピンと背筋を伸ばして、

「はい！」

と答えた。

危うく敬礼でもしかねないところだった……。

2

その店での昼食は、しかし、およそ恭子の喉《のど》をまともには通過しなかった。

もちろん、恭子とて、おいしいものをおいしいと分るだけの味覚は具《そな》えているのだが、目の前に峰島と、そしてもう一人、専務の山村が座っていたのでは、

「遠慮しないで食べなさい」

と言われたところで、とても……。

それほどの大企業でなくても、恭子が専務などと口をきくことはまずない。もちろん顔ぐらいは知っていたが、こんな風に顔をつき合わせたのは初めてである。

それでも何とか食事を終えてコーヒーを飲むときには、あ、これはうちのインスタントよりおいしいわ、と考えるくらいの余裕はできていた……。

「ところでね、安永君」

と、峰島が切り出した。

「はあ」

「実は君に重要な話がある。これから話すことは、絶対に口外してもらっては困るんだ。いいね?」

「はい」

「――専務」

と、峰島が山村を見る。

山村は、軽く肯いた。いかにも重役というタイプの、どっしり落ちついた印象を与える男だ。

「回りくどい言い方をしても、君には却《かえ》って理解しにくかろう。あまり財務などの専門知識もないだろうからね」

「はあ……」

「簡単に言えば、我が社は今、危いということだ。それも非常に危い」

「危い……」

火災報知機でも故障したのかしら、などと恭子は考えていた。

「言葉をかえて言えば、潰《つぶ》れそうだ、ということなんだよ」

峰島が言い添えたので、やっと恭子も目を丸くした。

「つ、潰れるんですか？」

「そうなるかどうかの瀬戸際だな」

と、山村が淡々とした口調で言った。

「それで――」

「我が社が救われる道は一つしかない。それは、ある重要な契約を取りつけることだ」

「そのためには――」

と、峰島が続けて、「その資料になる書類を、先方へ届けなくてはならないんだ。それも今日中に」

「はあ」

「ところが、そいつが容易ではない」

と、山村がため息をついた。

「どうしてですか?」

「何しろ、競争の激しい世界だからね、この業界も」

と、峰島が苦々しげに言った。「もし、うちがその契約を狙《ねら》っていることを知ったら、同業で、もっと大手の会社が、一斉に攻勢をかけて来て、話を潰してしまうに違いないんだ」

「ひどいですね」

恭子も憤然として言った。

「弱肉強食の世界だからね」

と、山村が穏やかに言った。

「そこで君に頼みというのは——」

峰島が座り直して言った。「その重要な書類を、君に向うの会社へ届けてほしいんだ」

「私が？　――私が届けるんですか？」

恭子は、唖然《あぜん》として訊き返した。

「君は信頼できると峰島君から聞かされたんだよ」

山村は肯いて、「どんな古手の社員だって、よその社の息がかかっていないとは言えないからね」

「でも――どうして私が？　課長さんじゃだめなんですか？」

「そこが難しいところなんだ」

峰島は首を振って、「我々の動きを、競争相手の会社が見張っているらしい。専務や僕がそこへのこのこ出向いて行けば、たちまち見抜かれてしまうだろう」

恭子にも、やっと峰島の言う意味が分った。確かに、自分のようなお茶くみ専門の女の子が、そんな重要書類を届けに行くとは、誰も思うまい。

恭子は胸が熱くなって来た。他ならぬ峰島が、そこまで自分を信じてくれているのかと思うと、ほとんど感動と呼びたいほどの興奮を覚えたのだ。

「分りました」

恭子は、背筋をシャンと伸ばし、きっぱりと言った。

「精一杯やらせていただきます」

「やってくれるか！　いや、ありがとう」

山村が、恭子に向って頭を下げた。専務が、一介の新米女子社員に頭を下げたのである。

「よろしく頼むよ」

峰島も身を乗り出すようにして、じっと恭子を見つめ、「会社の将来は君の肩にかかってるんだ！」

恭子の膝の上で握りしめた手が、細かく震えていた……。

「——なるほどね」

と、多田礼子が肯いて、「で、その肝心の書類を、盗まれたってわけね？」

「そうなんです。課長さんがあんなにまでおっしゃって下さったのに……」

「でも、君、どうしてあの〈ポエム〉に入ってたんだい？」

と、和司が訊いた。

「書類を、あそこで受け取って、それから持って行くことになっていたんです」

「じゃ、その書類ってのは、会社にあったんじゃないの？」

礼子が戸惑ったように訊いた。

「専務のご自宅にあったんです。それを、専務の秘書の方が持って来られて、私があそこで受け取ったんです」

「それは間違いなく受け取ったの？」

「ええ。秘書の人は、私も知ってますし」

「どうして盗まれちゃったの？」

「秘書の方が出て行って、少し間を置いてから出た方がいいと思ったんで、十分ほど待ってたんです。それから、出ようとして立ち上がったら、ちょうど、ウエイトレスが水を運んで来たのにぶつかって、水がこぼれたんです。書類にかかっちゃ大変だと思って、サッと書類を座席の奥の方へやりました。それで、ウエイトレスに、『大丈夫でした？』って訊いたりして――ほんの数秒間だったと思うんです、目を離したのは。店をいやに急いで飛び出して行く、赤いジャンパーとジーパンの後ろ姿が目に入って、ハッとして座席の方を見ると、もう……」

「書類はなくなってたってわけね」

「そうなんです。もちろん、すぐに店を出て、捜しました。で、人ごみの間に、チラッと赤いものが見え隠れするのが目に入ったんで、駆けつけてみると――」

恭子の目が和司に向く。

「吉原君だったのか」

「本当にご迷惑をかけまして」

恭子が、改めてシュンとしている。

「いや、そんなこといいけどさ……」

「私、もう会社には戻れません。課長さんの信頼を裏切ったんですもの」

恭子が、またこみ上げて来る涙で鼻をグズグズさせ、

「あの――トイレをお借りして、よろしいですか？」

「ええ。出て左手の突き当りよ」

――恭子が、ハンカチで鼻をかみながら出て行くと、礼子は和司の方を見て、

「さて！」

と呟くように言った。「どう思う？」

目がキラキラ光っている。何しろ野次馬精神だけは旺盛《おうせい》なのだ。

「どうって……。可哀そうだけど、まあ、捜しようがないじゃないか、あんな漠然とした話じゃ」

と、和司が肩をすくめる。

「そんなことじゃないわよ。あの子の話そのものを、どう思うか、ってこと」

「話そのもの？　つまり――あの子が嘘をついてる、って言うのかい？」

「とんでもない！」

礼子は首を振って、「あの子は正直の塊みたいな子だわ。人を騙したり、嘘をついたりできる子じゃないわよ」

「それじゃ――」

「怪しいなと思うのは、その課長とか専務とかの話の方よ」

「へえ。どうしてだい？」

「そりゃ私もＯＬの経験はないけどさ」

と、礼子はのんびりと足を組んだりしながら言った。

「でもね、今は戦国時代じゃないのよ」

「だけど、企業間の戦争ってのは凄《すご》いらしいぜ」

「それにしたって、密書をわざわざ手で運ぶなんて、あんまりだと思わない？」

「ああ、そういう意味か」

と、和司は肯いた。

「ね？　今は電話で書類を送れる時代よ。今日の内に、それを直接持ってかなきゃならないなんて、どう考えても妙だわ」

「それもそうだな」

「それに、悪いけど、いくら事情があったって、そんな大事なものを、入社して一年たらずの女の子に持たせるとは思えないわ。この話、きっと裏があるのよ」

「それじゃ――彼女の憧れてる課長さんが、嘘をついてる、と？」

「ちょっとあの子には言えないけどね」

と、礼子はドアの方へ目をやった。「あの子が純情なのを利用したんだと思うわ」

和司は、ゆっくりと肯いた。

「どうする？　僕らだって、何もしてやれないぜ」

「ともかく、あの子には黙ってましょ。一応話の通りとして……。いずれにしても、その盗まれた書類を捜し出すのが先決だわ」

「無理だよ、そんな――」

と、和司は言いかけて、安永恭子が戻って来たのを見て口をつぐんだ。

「すみません」

と、恭子は、まだ目を赤くしながら、「もう失礼します。すっかりお邪魔してしまって――」

「いいのよ。じゃ、出かけましょうか」

と礼子が立ち上がったので、和司は面食らった。

「出かけるって、どこへ？」

「〈ポエム〉ってレストランよ。そう都合よくウエイトレスが水をこぼすなんておかしいわ。書類を盗んだ人間としめし合わせてたとしか思えないじゃない」

「そうか！」

和司は指を鳴らした。「偶然にしては手際が良すぎるものな」

「ね？　だから、手がかりゼロってわけじゃないのよ。さ、あなたも元気を出して」

礼子にポンと肩を叩かれて、しょげかえっていた恭子の顔に、やっと活気が戻って来た。

「分りました！　私も全然気が付かなかったわ。とっ捕まえて、絶対に白状させてやるから！」

と、ポキポキ両手の指を鳴らした。

「強そうだね、君」

「これでも、故郷じゃ県の柔道大会で三位になったんですもの」

和司が今さらのように青くなった。

――銀座のど真ん中で放り投げられなくて良かった！


「――ああ、その子なら、三時で帰ったわ」

〈ポエム〉の女主人に言われて、恭子は、肩すかしを食ってしまった。

「連絡取れませんか？」

「そうねえ……。この二、三日来てるだけの子だから、よく知らないのよ。アルバイトだし、こっちも別に身許《みもと》を調べるわけじゃないもんね」

と、素っ気ない。

「でも何とか――」

と、食い下がろうとする恭子を抑えて、礼子が進み出た。

「実はこの人、うちのお手伝いさんなんですけどね。前、一緒に働いていた人が、どうもここにいた人と似てるって言うんで」

「それならどうしたっていうの？」

「その人、突然辞めてしまって――一緒に宝石がいくつか消えてなくなったんです」

礼子が言うと、何となくリアリティがあるのは、やはり、見るからに高そうなものを身につけているからだろう。

「宝石が？」

「ええ。まあ、せいぜい二、三百万の品だったから、届けもしなかったんですけどね。もしかしたらこの店でも――」

女主人の顔色が変った。

「そ、そういえば、このところ入金が少ないのよね」

「ああ、じゃ、きっとそうだわ」

と、礼子が肯く。「住所が分ったら教えて下さる？　私、お宅の分も取り戻してあげますわ」

「分りました！　ちょっとお待ちになってね！」

女主人が、あわてて店の奥へ入って行く。和司は呆《あき》れ顔で、

「君にそんな演技の素質があるとは知らなかったよ」

「母の真似をしてるだけよ。お金持ってのはね、自分の言い分が通ると信じてるもんなの。またそう振る舞うと、たいていのことは通るのよ」

礼子は澄まして言った。

実際、この場合も例外ではなかった。

三人は早速礼子の車に乗り——超モダンな曲線を見せる外国製のスポーツカーである——教えられた住所で大体の見当をつけて出かけた。

ハンドルを握っているのは礼子の方だったが、腕前は確かなものである。

「——野口《のぐち》エミっていうんですね」

と、恭子がメモを見て言った。

「うまく家にいるといいね」

和司が腕時計を見て言った。「もう四時半だからな。戻ってるだろ。マンションの名前らしいね」

「あら、私のいるボロアパートも、〈ラ・シャンブル〉って名がついてるんですよ」と、恭子が言った。「だから私、てっきり、〈シャンブル〉って、〈ブルドッグの小屋〉って意味かと思ってたんですもの」

礼子と和司が一斉に吹き出してしまった。

――しかし、野口エミの住いは、一応、マンションと呼べる造りだった。

「二千万クラスね」

車を降りて、礼子は言った。「さ、入りましょう」

下の郵便受で見ると、野口エミの部屋は六階だった。上は十一階まである。

エレベーターの中で、恭子が言った。

「こんな所に住んでたら、毎日会社に帰って来るみたいな気分になりそうだわ」

「でも、野口エミが、もし本当に大学生なら、自分の名前でここにいるのも妙なものね」

「親が買ってくれたのか……」

「それとも、パトロンか、ね」

「パトロン？　でも、あんな店のウエイトレスなんかやってたんだぜ」

「ほんの二、三日だっていってたじゃないの。きっと、その書類を狙うために、あそこで働いてたのよ」

「でも、なぜ――」

「シッ！　ほら六階よ。話は後で」

と礼子が言った。

三人は、〈六〇七〉のドアの前で足を止めた。

「ここだよ」

「表札が出てないわね」

礼子は、ちょっと考え込むようにして言った。「ともかく、呼んでみましょうか」

「ＯＫ」

和司がチャイムを鳴らすより早く、なぜかドアが開いた。

それはもちろん人が開けたわけで――だが、出て来たのは、どう見ても野口エミではなかった。男だったのだ。

「あ、どうも。あの――」

和司があわてて言いかけたが……。

「畜生！」

その男は一声、そう絞り出すような声で言うと、その場に崩れるように倒れてしまった。

――あまりに思いがけない成り行きで、さすがに三人とも、唖然としていたが、一番早く冷静さを取り戻したのは礼子だった。

倒れた男の上にかがみ込んで、礼子は顔を近付けた。

「おい、危いよ！」

と、思わず和司は声を上げていた。

「危いことないわ。死んでるみたいだもの」

礼子がアッサリと言った。

「死んでる？」

「たぶんね。――ともかく一一〇番しなくちゃ。ねえ、恭子さん、この男に見憶えない？」

ポカンとしていた恭子は、やっと我に返った。

「この男ですか？　——いいえ。——あ！　でも、この服装——」

と、恭子が目を見開く。

男は赤いジャンパーとジーパンという格好だったのだ。

3

何かありそうね。

礼子は、M建設機械工業の受付の前に立って、そう直感した。

会社には、それぞれ雰囲気というものがある。仕事をしてるのか遊んでるのか分らないようなオフィスもあれば、活気の漲っているオフィスも、不景気でピリピリしている所もある。

OL経験もない礼子がそんなことを知っているのは、やはり一流の実業家である父親の影響かもしれない。——この会社には、ちょっとした異常事態が発生している、と礼子は察していた。

いかにもソワソワと落ちつきのない、受付の女の子の様子で、すぐに分るのだ。

「あの――何かご用でしょうか」

と訊いて来る表情も、かたくこわばっていて、笑顔など、どこかに忘れて来たようだ。

「専務の山村さんに会いたいの」

と、礼子は言った。

「山村――でございますか」

「約束はないけど、Aセメントの多田の娘だと伝えてちょうだい」

いつもの通り、相手が否も応もなく要求を呑んでしまう、独得の口調で言った。

「は、はい。少々お待ち下さい」

受付の子は、あわてて奥へ入って行った。

「――大した会社じゃなさそうね」

と、礼子は呟きながら、周囲を見回していた。

野口エミのマンションで男が死んでいた事件から一夜が明けている。――結局、礼子の決断で、ただ一一〇番するだけに止め、三人は姿を消したので、今朝の新聞を見て、あの男が、頭を殴られて殺されたこと、名前を神田《かんだ》といって、まだ二十歳《はたち》そこそこだが、かなりのワルだったことなどを、初めて知ったのだった。

野口エミは行方不明で、一応、警察が「重要参考人として行方を捜している」ことになっていた。

恭子はショックに次ぐショックですっかり参っていたので、礼子の家に泊めてもらっていた。

そして今日も、当然大学の方はさぼって、礼子は珍《めずら》しく朝から出かけて来たのである。

受付の子が戻るのを待っていると、誰かが、やけにせかせかした足取りで外からやって来た。ちょうど中から出て来た若い社員が、

「あ、峰島さん。おはようございます」

と声をかけたので、礼子は、その男の方を振り返った。

これが恭子の言っていたナイスミドルか。――でも、ちょっと、魅力には欠けるわね。

それに、その優しげな笑顔というのも、今はまるで見られず、いやにむつかしい

顔つきなのだ。

「何か連絡はあったのかな」

と、峰島は若い社員に訊いていた。

「さあ、今のところはないようですよ」

「そうか……」

峰島は首を振ると、会社の中へ入って行った。礼子には目も向けない。

「失礼しちゃうわね」

チャーミングであると自任している礼子としては、少々プライドを傷つけられたのである。

そこへ、受付の子が戻って来た。

「お待たせいたしました。どうぞ」

「ありがとう」

礼子は軽く会釈した。

――応接室で、安物のお茶など飲んでいると、ドアが開いて、いかにも中小企業の重役というタイプの男が入って来た。

貫禄《かんろく》はあるが、実力がそれに伴わないという男である。エリートというには、やや知性が欠けている。

「これは多田社長のお嬢様で」

と、やたら愛想がいい。

Aセメントは、礼子の父が持っている会社の一つである。この会社と取引があることを調べて来たのだ。

「お仕事中、ごめんなさい」

礼子は、ちっとも悪いなんて思ってない口調で言った。

「いいえ、とんでもない。多田さんには、もう何かとお世話になっておりまして……」

「お忙しいでしょうから、簡単にお話しますわ」

と、礼子は軽く足を組んで言った。「実は、私の友だちが一人、こちらで働いていますの」

「お嬢様の？」

「もちろん当人は、そんなこと一言も口にしてないと思います。とても真面目《まじめ》な子なんですから。ただ——私としては、ちょっと心配ですの。何といっても若い女の子だし、そちらとしても、そう大きな仕事を任せるわけにもいかないでしょう。でも、いつまでもお茶くみや使い走りばかりさせておくには、とても惜しい子なんです。ですから——これは、ちょっと心に留めておいて下されば、それで充分なんですけど、何か機会を見て、彼女に責任ある仕事をさせてあげてくれません？　きっと期待に応《こた》えると思いますわ」

「なるほど。お嬢様がそうおっしゃるんでしたら、それはもう……」

と、山村は肯いて、「で、お友だちの方のお名前は……」

「安永恭子といいますの」

それを聞いて、山村の顔色が変った。

さて——一方、当の恭子は、といえば……。

結局、礼子の家で一晩泊ったわけだが、そういつまでも世話になっていられない。

少し、いつもよりは遅目に起きると、もう礼子の姿はなかった。

黙って出て行くのは気がひけたが、後で改めて礼に来よう、と決めて、礼子の家を出た。

その近くの喫茶店に入って、朝食用のトーストとコーヒーのセットを注文しておいてから、店の赤電話で、会社へ電話したのだった。

「あの――峰島さんを。――ええと、知り合いの者です」

わざと少し声を変えて言った。

「峰島は外を回って出社して来ますので――あ、お待ち下さい。今戻りましたので」

少し間があって、

「はい、峰島ですが、どなた？」

と、いつもの声がした。

「課長さん。安永恭子です」

「――君か！　心配してたんだよ！」

峰島が少し声を低くして、「昨日、戻らなかったから、何かあったんじゃないかと思ってね」

「実は、あの書類を盗まれてしまったんです。申し訳ありません」

「そうか。――いや、もしかしたらそんなことじゃないかと思ってたんだよ」

「私を信じて任せて下さったのに、こんなことになって……」

「いや、責任は私にある。君は心配しなくていいんだ」

「そんなこと――」

「本当だよ。課長は、部下の失敗の責任を負うためにいるんだ。まあ、そう気にしないことだよ」

恭子は、目頭が熱くなって来て困った。峰島に怒鳴られれば、いっそどんなに気が楽だったろう。

優しい言葉をかけられるだけ、余計に辛いのだった。

「今、どこにいるんだい?」

「あの……外です」

「そうか。――分った。じゃ、どこかで会おう。これからのことを、話し合いたいからね」

「はい。どこにでも行きます」

「じゃ、こうしよう」

――恭子は、峰島の言った場所をメモした。

「――はい。じゃ一時間後に」

少しホッとした気分で受話器を下ろすと、席へ戻ろうとして、恭子は、

「あら！」

と、思わず声を上げた。

和司が座っていたのである。

「おはよう。表を通ったら、君が見えたんだよ」

和司は微笑んで言った。「コーヒーを付き合っていいかい？　僕もこんな朝早い時間に出て来たのは珍しいんだよ」

「ええ、もちろん……。あの――礼子さんは？」

「さあね。家にいなかった？　じゃ、どこかへ出かけたんだ。何しろ風来坊だからね。彼女」

「あなたも……泊ってらしたのかと思ってました」

恭子がおずおずと言ったので、和司は楽しげに笑った。

「いや、残念ながら、まだそんな仲じゃないんだよ」

「そうですか」

恭子は、ちょっと顔を赤らめた。「私、都会での暮しって、まだ長くないもんで、TVなんかで見てる通りなのかと思っちゃうんです。でも、そんなことないんですね」

「もちろん、典型的にそういう奴《やつ》もいるさ。でも、大体は、ごく当り前で、まともだよ。君の故郷の町と、そんなに違うわけじゃないぜ」

「そうなんですね」

恭子は、感慨深げに肯いた。「私、都会の人って、みんな忙しくて、冷たいもんだと思ってたんです。出て来るときも、みんなにそう言われたし、自分でもそのつもりでいようと思ってました。でも……会社にも、峰島さんみたいな方もいらっしゃるし、それに――」

と、恭子は、和司を見つめた。

「吉原さんも、礼子さんも、何の関係もない私のことを、こんなに気にして下さって……。私、本当に嬉《うれ》しいんです。もちろん、こんな事件に巻き込まれたのはショックでしたけど、でも、あなたや礼子さんにお目にかかれて、良かったと思ってます」

「いや——まあ——どうせヒマだからね」

と、和司は、大いに照れている。

トーストやコーヒーが来て、和司も少しホッとした様子だった。

「事件のこと、何か分ったんでしょうか？」

と、恭子がトーストを食べながら言った。

「出がけのニュースじゃ、まだ野口エミは見付かってないってことだったな」

「その人が、やっぱりあの男を殺したんでしょうか」

「やってなきゃ逃げもしないだろうしね」

「でも——どうして殺したりしたんでしょう？」

「色々あったんじゃないの」

と、和司は、非論理的答弁をした。

これでは恭子に馬鹿《ばか》にされると思ったのか、和司は急いで続けた。

「たぶん、君の持ってた書類を盗むのを、あの死んだ神田って男が頼まれてて、恋人の野口エミに手伝わせたんだろうね。ところが、その後で仲違いをして、女の方が男を殺した……」

和司は、我ながら雑な推理だな、と思った。しかし、恭子は真剣な顔で肯いて、

「ひどいですね」

と言った。「でも――もし、私が書類を盗まれなかったら、そんなことにもならなかったんですものね……」

和司は、ちょっと目をパチクリさせて、恭子を見た。

「君、あの二人に同情してるの？」

「いえ……。でも、人間って、つい出来心を起こすってこと、あるでしょ。それを、私がボンヤリしていたばかりに――」

和司は、ゆっくりと首を振った。

「君は変ってるねえ」

恭子はトーストを食べ続けていた。

和司は、少し間を置いて、

「これからどうするんだい？」

と訊いた。

「――一旦《いったん》、アパートへ帰ります」

と、恭子は答えた。「それから会社へ行ってみようかと……」

「そうか。きっと会社でも心配してるだろうからね」

「いえ――辞表を出しに行くんです。だって、私のせいで、こんなことになったんですもの」

と、恭子は言った。


――恭子は、メモを見直した。

「確かにこの辺なんだけど……」

何だかいやにごみごみした裏通りである。恭子は、やや方向音痴のところはあるが、この場所だというのは間違いないようだった。それにしては、峰島に教えられたような名の喫茶店が見当らないのだ。

「――すみません」

と、恭子は、通りかかった中年の、でっぷり太った女に声をかけた。

「何?」

「あの、この辺に、〈ペガサス〉っていう喫茶店、ありませんか?」

「ペガサス？　――聞いた名だけどね」

と、その女は、ちょっと眉《まゆ》を寄せていたが、やがて、急に吹き出してしまった。

「あんた、冗談のつもり？」

「え？」

「それとも新手のＰＲ？　私がそんな所を使うように見えるのかしらね」

と笑いながら、さっさと行ってしまった。

恭子は、訳が分らず、ポカンとして突っ立っていたが、

「――何だろ、あの人！」

と、腹立ち紛れに呟くと、ヒョイと後ろを振り向く。

そこに、〈ペガサス〉の看板が出ていた。

「いやだ！　目の前に立ってたなんて！」

と、笑い出して――でも、おかしい。

〈ペガサス〉って名には違いないけど……。でも、そこは喫茶店なんかじゃなかったのだ。ホテル――それも、いわゆるラブホテルと呼ばれる類のホテルだったのである。

「まさか！」

と、恭子は呟いていた。

課長さんがこんな所を指定して来るわけないわ。きっと同じ名前の店がどこかに……。

しかし教えられた通りの場所ではあるし、そんな所に同じ名のホテルと喫茶店が並んでいるわけもない。するとやっぱり、このホテルのことだろうか？

考えてみれば、別に峰島は、喫茶店だと言ったわけではない。ただ、恭子が勝手にそう思っていただけなのである。

そうは言っても、恭子はこんな場所に出入りしたことがない。どうしたものかと、入口の辺りでウロウロしていると、

「安永君！」

と、声がした。

タクシーから降りた峰島が、やって来るところだった。

「課長さん！」

「待ったかい？」

「いえ――あの――場所がよく分らなくって――」

「ああ、そうか。びっくりしただろうね」

と、峰島は、ちょっと笑った。「いや、二人でゆっくり話をするには、こういう所が静かでいいんだよ。さあ、入ろう」

「はあ……」

と、恭子はためらっていた。

「心配しなくたっていいよ。僕が信用できないの？」

「いいえ、そんな！」

と、恭子は首を振った。

「じゃ、入ろう。却《かえ》って人目につくよ」

と、峰島に肩を軽く叩かれて、恭子は、生れて初めて、ラブホテルに足を踏み入れることになった。

「彼女がどうかしまして？」

と、礼子は言った。

「は——いえ——どうかした、とは？」

山村専務が、混乱した様子で訊き返す。

「だって、何だか、安永恭子って名前を聞いたら、青くなったわ」

「いえ、そんなことはありません！　決してそんな——」

山村は、やたらと咳払いをした。

「はっきりおっしゃって下さいな。彼女、何か不都合なことでもありまして？」

「いや、そんな……。ただ——あの——」

と、しどろもどろになっているばかり。

そのとき、応接室のドアをノックする音がして、受付の女の子が顔を出した。

「専務、警察の方がみえていますけど」

その言葉を聞いて、山村は、顔をしかめた。礼子に聞かれたくなかったのだろう。

「あら、警察？」

礼子は、ちょっと目を見開いた。「何かありましたの？」

「別に、そういうわけじゃないのでして——ちょっとお待ちを願えれば——」

「構いませんわ」

と、礼子は肯いた。

山村があわてて出て行くと、礼子は、一人、軽く肯きながら、微笑んでいた……。

4

「私のせいで、申し訳ありません」

と、恭子は頭を下げた。

「いや、もういいんだ。済んでしまったことだよ」

峰島は、けばけばしい柄のソファに腰をおろして、言った。

恭子は、部屋へ入ってしばらくは、珍しげに中を見回していたが、やがて、そんなことをしているときではないと思い付き、改めて詫《わ》びたのだった。

「でも——あれを盗られて、うちの会社は——」

「どうなるかなあ」

と、峰島は首を振った。「潰れるか、潰れないまでも、どこかに吸収されるだろうね」

「吸収……」

「当然、人員整理もあって、大勢の社員がクビを切られる。吸収される側は弱い立場だからね、惨めなもんだよ」

恭子は胸をふさがれる思いだった。

それもこれも、自分のせいだ。そう思うとやり切れない気がした。

「でも——課長さんはどうなるんですか？」

と、恭子は、おずおずと訊いた。

「僕かい？　いや、僕のことはどうでもいいんだ」

「そんな——」

「管理職にある者は、責任を取って辞めることになるだろう」

恭子の顔がこわばった。

「クビ……ですか」

「クビじゃないが、筋として、辞めなきゃならんだろうね」

峰島は、割合にアッサリとそう言った。

「でも——お辞めになったら、ご家族が困られるでしょう」

「何とかなるさ」

と、峰島は微笑んだ。「それに、たとえ、何とか粘って残れたとしても、課長から平社員に格下げじゃ、やはり居づらいからね」

それはその通りだろう。恭子は、ため息をついた。

「――まあ、もうどうでもいいことだよ」

と、峰島が独り言のように呟いた。

恭子はハッとして峰島の顔を見た。

「課長さん、それはどういう意味ですの？」

「ん？　どういう意味って？」

「今おっしゃったじゃありませんか。『もうどうでもいいことだ』って」

「そう。――そんなことを言ったかな」

峰島が、ちょっとあわてたように言った。

「ええ、おっしゃいましたわ。何を考えてらっしゃるんですか！」

恭子は、じっと峰島を見つめた。

「いや、僕は何も――」

と言いかけて、峰島は言葉を切った。

そして、恭子の、真剣な眼差しを、じっと受け止めていたが、やがて、疲れたように、肩を落とした。

「分ったよ」

と肯く。「僕はもう若くない」

「課長さん――」

「いや、本当だよ。もちろん、老い込んだ、というほどの年齢じゃないが、それでも、君などに比べりゃ、もう人生の折り返し点を過ぎちまったんだ」

「そんなにお若いのに」

峰島は、ちょっと笑って、

「ありがとう。君のような若い子にそう言われると嬉しいよ。しかし、自分のことを良く分っている。会社ってものの中に、ドップリとつかっていると、人間は、もう変れなくなっちまうものなんだ……」

恭子にも、何となく分るような気がした。

「でも課長さん――」

「僕はね、M建設機械工業に長く居すぎたんだよ」

「どういうことですか」

「つまり——今さら、まるで違う仕事につくだけの気力がないってことさ」

峰島は首を振った。

「それじゃ……」

「僕がいなくなっても、差し当り女房や子供は困らないだけのものがある。それに生命保険にだって入ってるしね」

恭子は青くなった。

「課長さん！」

「いや、君のような若い人にとっては、死ぬことは大変なことに違いないけど、僕ぐらいの年齢になるとね、身近な人間も何人か死んじまってるし、同年代の奴も、もう二、三人は……」

「だけど、それは病気か何かで——」

「もちろん」

と、峰島は肩をすくめた。「でも、死ぬことに変りはないよ」

「いけませんわ、そんな……」

「僕はもう決めたんだよ」

峰島は静かに言った。「――実はね、君に一つ頼みがある」

「私に？」

「うん。保険ってのは、入るのは簡単だが、いざ金をもらうときになると、あれこれやかましいもんだ」

「はあ」

「自殺、となると、スンナリ保険金が出ない心配もある。僕の所も、貯金といっちゃ大したものはない。やはり、女房子供のことを考えると、ぜひ保険金が入らないと困ったことになるんだ。――おい、泣かないでくれよ」

峰島は、恭子の目から大粒の涙がこぼれて来るのを見てちょっとびっくりしたように、言った。

「だって――」

「いいから聞いてくれ」

峰島は、恭子の傍に座り、その肩に手をかけた。「君に頼みというのは、僕が誤って死んだと証言してほしいってことなんだ」

恭子が目を見張った。

「どういう意味ですか?」

「そこに窓がある」

と、峰島は、けばけばしい色のステンドグラス——もちろん本物ではなく、ただの色つきガラスだが——をはめ込んだ、広い窓を指さした。「僕は外の空気を吸おうとして、その窓を開け、そこに立っている。そのとき、急にめまいに襲われて、転落する——」

「転落?」

「それなら、自殺とは思われないだろう。ただ、ちょうど会社が危いときでもあるから、やはり疑われるかもしれない」

恭子は、何だかボンヤリした顔で、肯いている。

「そこで、君に証言してほしいんだ」

と、峰島は言った。「これがあくまで事故だった、ってね。そうすれば、女房や子供も保険金を受け取れる」

「だけど、私……」

「申し訳ないとは思うよ」

峰島は恭子の手を握った。恭子が頬をポッと赤く染めた。

「君がこんな所に足を踏み入れたことのない子だってことは、僕にも分ってる。だが証言することで、君は――つまり、僕と、こういう仲だったと、人からは思われるからね」

「そんなことといいんです。でも――」

「僕を助けると思って、一度だけ、嘘をついてくれないか。どうだね？」

恭子は、思いつめたような表情で、しばらく黙っていたが、やがて、峰島の目を真っ直ぐに見つめて、

「分りました」

と言った。

「やってくれる？」

「課長さんには、ずいぶん色々とお世話になりましたもの」

と、恭子は言った。

「ありがとう！　君の恩《おん》は忘れない」

峰島は、息をついて言った。

「でも――」

「え？」

「だからこそ、そんなことできません」

峰島は当惑顔で、

「じゃ――いやだと言うの？」

「その代り、私が死にます」

「おい、待ってくれよ」

「私だって、保険ぐらい入ってるんです。友だちに頼まれてですけど。だから、その受取人を課長さんにしておけば――」

「だめだよ、そんなこと！」

「私、嘘をつくより、その方がいいです」

峰島は、まじまじと恭子の顔を見つめた。

「――本気なの？」

「はい」

「しかし――君には何も、そんなことまでする義理はないんだよ」

「私、課長さんが好きでした」

恭子が、アッサリと言ったので、峰島は却ってギョッとしたようだった。

「それはありがたいね。でも……僕にそんな資格はないよ」

「でも好きなんですもの」

恭子はくり返した。「その課長さんが、私の失敗のせいで死ぬなんて、私には許せないんです。その責任は私が取るべきです」

峰島は、目をそらした。――恭子が、少し明るい調子で言った。

「それに、私にはまだ家族なんてないんですもの。課長さんには、奥様もお子さんもいらっしゃるし……」

峰島がため息をついた。

「君って子は……」

そのとき、キーッと、どこかがきしむ音がした。恭子が室内を見回すと、壁にはめ込んだクローゼットの扉が、少しずつ開いて来るのだ。

「あら」

「閉めておこう」

峰島が、ひどくあわてた様子で立ち上がった。

しかし扉は一気にサッと開くと、その中から、女がゆっくりと崩れるように倒れて来た。

恭子も峰島も、しばらくは動けなかった。

「あれは……」

恭子が、やっとの思いで言った。

「野口エミだよ」

と、峰島が言った。「――僕が殺した」

恭子が峰島を見た。

「どうにもならないんだ！」

峰島が叫ぶように言って、立ち上がった。「君に死んでもらうしかない！」

と、恭子の腕をつかんで、窓の方へ引きずって行こうとする。

「課長さん！」

「許してくれ！」

峰島がグイと恭子を押しやった——つもりだったのだが、次の瞬間、宙を一転していたのは峰島の体の方だった。

「アッ！」

と声を上げると同時に、床にいやというほどの勢いで叩きつけられた峰島は、顔を歪《ゆが》めて動けなくなった……。

そのとき、部屋のドアが開いて、和司が飛び込んで来た。

「大丈夫か！」

「吉原さん！」

「この部屋が分らなくて……。後をつけて来てたんだよ」

と、息を弾ませている。「——これ、君が？」

「ええ、もう少し手加減してあげるつもりだったんですけど……」

と、恭子は呟くように言った。

「——どうなってるんだ？」

ドアの所で、別の声がした。恭子がそっちを見て、目を丸くした。

「専務！」

山村は部屋へ入って来ると、野口エミの死体を見て、それから床に伸びている峰島を眺めた。そして呟くように言った。

「話が違うじゃないか……」

「そううまく行くもんですか」

今度は礼子の声がした。――礼子が部屋に入って来ると、その後から、男が二人、姿を見せた。

山村が青ざめて、それから、ガックリと肩を落とした。

「――山村と峰島は、あなたの真面目さを利用したのよ」

と、礼子は言った。

フルーツパーラーは、光が溢《あふ》れて明るかったが、恭子は、沈み込んでいた。

「ふざけた奴らだ！」

と、和司が腹立たしさをぶつけるように言った。

「あの野口エミって女に熱を上げた山村が、会社のお金を使い込んでいたのね」

礼子が言った。「それがばれそうになって、あわてた山村が、以前から腹心の部下だった峰島に相談したのよ。それに、ちょうど野口エミにも他に男がいたことが分って、手を切りたかったのね」

「しかし、素直に承知する女じゃなかったんだな」

「それで、野口エミの方が、却って何かあるなと察して、山村を脅して来た。結局山村としては、彼女を殺して口をふさぐことを考えたのね。——同時に、あなたを、野口エミを殺した犯人に仕立て上げ、しかもお金を使い込んだ罪もなすりつけるつもりだったのよ」

「つまり、君は誰か正体不明の男を巡って、野口エミと争い、彼女を殺して、その恐怖から自殺する、という筋書になってたんだよ」

「じゃ、あの書類は？」

と、恭子がやっと口を開いた。

「中は何でもない書類だったんだ。ただ、君がそんな大事なものを盗まれたら、きっと責任を感じて捜し回るか、会社に戻らないだろうと見抜いてたんだよ」

「使い込みがばれる寸前になって失踪《しっそう》すれば、当然あなたがやったと思われるから」

　と、礼子が言った。「山村は、それを盗む役をわざと野口エミの恋人だった神田にやらせて、エミのマンションで、彼が来るのを待って殺したんだわ。野口エミの方は、あのホテルへ峰島が呼び出して、殺した……」

「きっと峰島も、山村からかなりの金をもらってたんだろうな」

「でも――あの人、自殺するつもりだって言ってました」

「そう言っておいて、あなたを窓から突き落とすつもりだったのよ。でも、あなたがあんなに強いとは、思ってもいなかったんでしょ」

　恭子は、すっかり氷の溶けてしまったジュースのグラスを、ぼんやりと眺めていたが、やがて大きく息をつくと、

「ご迷惑かけてすみませんでした」

　と言った。「でも、あの課長さん、気の弱い人だったけど、悪い人じゃなかったと思ってます。本当は気の優しい人で……」

　和司が、微笑んだ。

「いい人だなあ、君は」

恭子は、やっと笑顔になって、立ち上がった。

「どうするの、これから？」

と、礼子が訊いた。

「会社へ戻ります。〈外出届〉を出したままなんですもの」

恭子がパーラーを出て行くと、和司が首を振りながら言った。

「今どき珍しい子だなあ」

「送って行ってあげなさいよ」

「え？」

「一人にしといて、もし自殺でもしたらどうするの？」

「まさか」

と、ちょっと笑ってから、和司は真顔になった。「本当に――もしかしたら――」

和司は、あわてて恭子を追ってパーラーを飛び出して行った。

礼子は、さもおかしそうに、クスクス笑ってから、呟いた。

「自分の分くらい払って行ってほしいわね、男性は！」

町が眠る日

1

朝から、すばらしく晴れ上がっていた。

誰が見たって——ゆうべのＴＶで、明日の雨の降る確率は五〇パーセント、と宣言した気象庁の担当者でも、今日一日、絶好の秋晴れになることを、疑うわけにはいかなかっただろう。

日曜日で、こんなにきれいな青空が、朝から広がっているとなったら、当然、子供たちは大喜びである。そして、疲れ切った父親は恨めしげに、眠そうな目で、澄み切った空を見上げるだろう。

だが、今日は、いくらか事情が違っていた。朝、一番早く始動していたのは、母親たちだったのである。

「——照子《てるこ》さん！」

団地の遊歩道を急いでいた笠井《かさい》照子は、後ろから呼ぶ声に、足を止めて振り返った。

「あら、育代《いくよ》さんなの」

「良かった！　私、一人、遅れちゃってるのかと思って……」

太田《おおた》育代は、照子に追いついて、ハアハア息を切らしている。二人は三十代の、そろそろ半ばで、年齢は何か月と違わないのだが、スラリと背が高くてスマートな照子に比べると、太田育代の方は、大分太って来ているので、走ったりするのは弱いのである。

特に、二人とも半袖《はんそで》のシャツに、白のスラックス姿なので、体型の違いが際立っていた。

「大丈夫よ、そんなに焦らなくても」

と、照子は笑った。「まだ金山《かなやま》さんがもたもたしてたもの、私が出て来るとき」

「ええ？　会長さんが？　なあんだ！　それならもっとのんびりして来るんだった」

育代は、ちょっとオーバーに悔しがっている。

「ぶらぶら行きましょ」

と、照子は促した。

「――でも、いいお天気ねえ。陽に焼けそうだわ」

「本当ね。でも、終ってくれた方がいいわ、落ちつくから。これで雨でも降って、順延なんてことになったら――」

「そうね。却《かえ》って面倒だもんね」

二人とも、つばのある白い帽子をかぶっていた。しかし、この晴天の下で、丸一日過ごしたら、どの程度陽焼けを防いでくれるか、心もとない感じではあった。

今日は、この団地の〈大運動会〉だ。そして、笠井照子と太田育代は、その世話をする役員なのである。

もちろん、役員は二人だけではない。何しろ、何千という世帯数の団地だから、全員総出の運動会となると、その準備も大変だ。

五十人近い役員が、三か月も前から、あれこれ手分けして、準備を進めて来たのだが、そこは、みんな家の用事とのかね合いで、なかなか予定通りには進まないのだ。

子供が小さい人、パートで働いている人、習いごとに通っている人。――それぞれの事情を考えていると、結局、手の空いている何人かが、大部分の用事をこなさなくてはならない。

「何とかこぎつけたわね」

と、育代が言うのも、正に実感なのである。

「本当。――信じられないくらいだわ」

と、照子は言った。

「何だか馬鹿《ばか》みたいね、私たちばっかり働かされて」

と、育代は、ため息混りに、「ろくに何もしなかった人だって、後の慰労会に出て来て、同じように食べたり飲んだりするわけでしょ」

「仕方ないわよ。私は早く帰って、思い切り眠りたい」

そう言って、照子は笑った。「まだ始まってもいないのよ！　――ともかく、無事に終らせることだわ」

「本当だ」

と、育代も一緒になって笑った。

お互い、後をひかないカラッとした性格が二人を結びつけているのである。

「――ね、照子、今日は皆さんいらっしゃるの？」

「え？　ああ、もちろん主人は美雪《みゆき》を連れて来るわ」

美雪は八歳になる、照子の一人娘だ。

まだ八時前で、運動会の開始は午前十時である。もちろん照子たちは、準備で早く出ているのだった。

「まだ寝てたわ、うちの人なんか」

と、育代が言った。「ちゃんと起きるかしら」

「みんな、たまの日曜だものね。早起きしろ、って言うのも可哀《かわい》そうみたい」

「これも義理ってもんじゃない？　仕方ないわよ」

と、育代は悟り切っているようなことを言って、「お宅、おばあちゃんはどうするの？」

「義母《はは》？　そうねえ。気が向きゃ来るかもしれないけど」

と、照子は首をひねった。「でも、母は心臓が悪いでしょ。あんまり疲れさせても良くないから」

照子のところは、夫と美雪、それに笠井の母親との四人暮しである。

「そうね。こう晴れてると、陽射しが強くて大変かも」

「結構暑くなりそうよ」

と、照子は、雲一つない空を見上げて言った。

後ろから足音がする。二人が振り向くと、少し頭の禿《は》げ上がった男が、ジョギングウエアに身を包んで、小走りにやって来るところだった。

「あら、会長さんだわ」

と、照子が言った。

「やあ、どうも！」

団地自治会の会長をしている金山だった。五十はとっくに過ぎているのだろうが、至って血色がいい。――仕事は何なのか、みんなよくは知らなかった。

人に訊《き》かれても、当人が、

「まあ、自由業とでも言いますかね」

と、至って曖昧な返事をしているのである。

しかし、ほどほどに年齢が行っていて――つまり、足腰が覚束ないほどの老齢でもなく、といって、言いたいことも言えないほど若くもない――たいてい自宅にいて、時間もある。となれば、自治会長に選ばれても当然だろう。

「ご苦労様です」

照子たちに追いつくと、金山は、二人に向って言った。「会長が一番最後かと思って、あわてて飛び出して来たんですよ」

なかなか愛想のいい、そつのない男である。

「上天気で、良かったですね」

と、照子は言った。

「全くです。こんな日なら、普段、家で寝ている人も、出て来てくれるでしょう」

そう。照子も、一応役員として、どれくらいの人が運動会に参加するか、気にしていた。この分なら——たぶん、ほとんどの人がやって来るのではないか。

三人は、団地から、二百メートルほどの距離にある小学校へと足を向けた。そこの運動場を借りているのである。

市の小学校といっても、通っているのは、ほとんどが団地の子で、〈団地付属小〉なんて呼ぶ人もいるくらいだ。

実際、この辺は、団地から一歩外へ出ると、まだ雑木林が残っていたり、造成中の土地が広がっていて、「住人」といっても、ほとんど「団地の人たち」と同義語なのだった。

団地に住んでいる照子たちも、自治会報などに書くとき、「私たちの団地」とは書かずに、「私たちの町」と書く。

ここでは団地が即ち、「町」なのである。

「今日は町中静かでしょうね」

と、育代が言った。

「そうだなあ。ほとんど空っぽになっちゃうでしょうからね」

と、金山が肯《うなず》いて、「商店街も閉めるようなことを言ってましたよ。夕方からは開けるでしょうが」

「こんな日に昼寝してたらいいでしょうね、呑気で」

と、照子は言って笑った。

「金山さん、奥様は？」

と、育代が訊く。

「家内はまだ寝てます。低血圧でしてね。まあ、あんまり丈夫な方じゃないから、無理をするなとは言ってあるんですが、たぶん昼ごろにでも見に来るつもりでしょう」

「あら！　――もうあんなに」

運動場が、三人の視野に入って来た。ちょっと数えても十五、六人の奥さんたちが、動き回っている。

「こりゃいかん！　急ぎましょう」

金山が小走りに駆け出した。照子もそれに続く。育代もそれに――続こうとしたが、二、三歩駆けてやめてしまった。

ここで走って、疲れて後の仕事ができなくなったら、その方が困る。――育代は、至って理論的に、そう考えたのである。


ドン、という爆発音で、男はハッと見覚めた。

我知らず、起き上がっている。――何だあれは？　誰かが俺《おれ》を撃ってるのか？

しかし、そうでないことは、すぐに分った。

ドン、ドン、というその音は、頭上高くから聞こえて来たのだった。

男は、茂みの中から、そろそろと立ち上がった。――恐ろしくいい天気だ。

陽射しがまぶしい。

ここは、どこだろう？　俺はどうしてこんな所に……。

ドン、ドン。――花火だ。

運動会か何かあるのかな、と男は思った。してみると、雑木林の中ではあるが、意外に人の家が近いのかもしれない。

男は欠伸《あくび》をした。――腹が減っている。しかし、それはいつものことだった。

林の中をかき分けて行くと、突然、目の前に、大きな建物が立ちふさがった。

実際、あんまり突然で、男は、飛び上がるほどびっくりしたのだった。

しかし、建物がのこのこ出て来るわけもないので、要するに、木の枝に邪魔されて、目に入らなかったのだ。

人の声がして、男は反射的に、林の中へ後ずさった。

どうして逃げるんだ？　俺は何もしてないのに！

しかし、男の気持とは別に、体の方は、茂みの陰に身を沈めていた。――よく憶えてはいないが、ともかく、人目につくのを避けた方がいいという記憶が、手足の方に残っているのだ。

「早くしなさいよ！」

と、苛々《いらいら》した女の声。「置いてくわよ！」

「ケンちゃん、待ってる」

と、女の子の声が答える。

「ここで？」

「うん」

「じゃ、後から、ちゃんと捜してらっしゃいよ」

「うん」

「ママ先に行ってるからね」

「はあい」

足音が、せかせかと遠ざかって行く。

男は、ゆっくりと立ち上がった。

六、七歳の女の子が、赤いバスケットを両手で持って、退屈そうに立っている。

大方、運動会へ行くところなのだろう。

林を出ると、目の前が、きちんと石を敷きつめた歩道になっているのだ。

どうやら団地らしいや、と男は思った。

不意に女の子が男の方を振り向いた。突然で、隠れる余裕もない。

二人は顔を見合わせていた。女の子が、ニッコリと笑ったので、男はホッとした。

「やあ」

男は、声をかけながら、出て行った。

「こんにちは」

と、女の子が、小首をかしげた。「何してんの？」

「うん……。ちょっと道に迷ってね」

「迷子？　大人なのに？」

女の子は声を上げて笑った。

「おかしいね、本当に」

男も笑った。――何となく、子供を安心させる笑顔だった。

「どこに行くの？」

と、女の子が訊いた。

「うん……。考えてるのさ」

男は、女の子がさげているバスケットに目をやった。

「何を持ってるんだい？」

「運動会なの。そのお弁当」

「そうか」

男の腹が、タイミング良くグーッと鳴った。

「お腹空いてるの？」

「うん、ちょっとね。——ゆうべから食べてないもんだから」

「おにぎり、あげようか？」

「いいのかい？」

「うん。でも——みんなの分だから、一つだけだよ」

「ありがとう」

男は、ちょっと周囲を見回した。「——そこの木の陰に行こうよ。人が通るとみっともない」

「うん」

女の子は、トコトコ歩き出した。男は、軽く女の子の肩に手をかけた。

「運動会か。楽しそうだなあ」

「みんな出るんだよ、町の人、全部」

「全部？」

「うん。私もかけっこに出る」

「そうか。――頑張れよ」

男は、女の子の肩を、ポンポン、と叩《たた》いた。

女の子がバスケットから出したおにぎりは、アッという間に、男の腹におさまっていた。

「――お腹空いてるのねえ」

女の子が、呆れ顔で言った。

男にとっても、不運だった。いや、もちろん女の子にとっては――。

なまじ、少し食べられたことで、男は、猛烈な空腹感を覚えていた。目の前に、いなり寿司《ずし》や、おかずが並んでいるのだ。抑え切れなかった。

「だめ！　もうだめ！」

バスケットごともぎ取られそうになって、女の子が声を上げた。

「よこせ！」

女の子は、思いもかけないような力で、バスケットを抱きしめて、離そうとしなかった。男の方も、あまり力があるとは言えなかったのだ。

笑い声がした。男はハッとした。

近づいて来る。子供たちの笑い声。叫び声。一人や二人ではない。

「離してよう！」

女の子が甲高い声を上げた。

「静かにしろ！」

男は怒鳴った。「声を上げるな！」

男は、恐ろしかったのだ。警官にこづかれて、引きずられて、どこか暗い所へ放り込まれる。

「もう行くんだから！　離して！」

女の子の金切り声が、男を狂わせた。

「やかましい！　黙るんだ！」

男は女の子を、茂みの中へ、押し倒すと、夢中で押えつけた。

「黙れ……黙れ……」

低い声で呟《つぶや》き続ける。——男の手は、女の子の細い首にかかっていた。

子供たちの笑い声が、二人の背後を、駆け抜けて行った。

2

管理事務所の、大岡《おおおか》老人は、十一時ごろに出勤して来た。

「こんなに静かなもんか」

と、事務所の入口の鍵《かぎ》を開けながら、大岡老人は呟いた。

遠くから、ワーッという歓声や、スピーカーで流しているらしい行進曲などが聞こえて来たが、ともかく団地の中は、静かなものである。

事務所の中へ入ると、大岡老人は、大欠伸《おおあくび》をしながら、椅子に腰をおろした。

本当なら、今日、大岡は休みである。日曜日なのだから。

しかし、正直なところ、子供たちも独立してしまって一人住いの大岡には、休みといっても、することがない。といって、ここへ出て来ても、いつもそう仕事があるわけではなかった。

勤務も、火、木、土の三日間しかない。今日は特別だった。

電話が鳴る。大岡は、手を伸ばして、受話器を取った。

「管理事務所です」

と、大岡は言った。

「あら、やっぱり大岡さんね」

と、聞き憶えのある声だ。

「やあ、こりゃ笠井さんとこの——」

大岡は、嬉《うれ》しそうに言った。

この団地には、自分と同年輩の年寄は少ない。笠井八重子《やえこ》は、その数少ない一人である。

お互い、連れあいを亡くしているせいもあって、暇を持て余しているのだろう、よく笠井八重子もここへ来て、話し込んで行くことがあった。

「今、上から見えたんですの、入って行くのが」

と、笠井八重子が言った。

「そうでしたか。びっくりしましたよ」

「今日はお休みじゃないんですの？」

「本当はね。ただ、今日、エレベーターの点検があるんです」

「まあ」

「ほら、ちょうど運動会で、みんな留守でしょう。いい機会だ、ってんでね」

「じゃ、停ってしまいますの？」

と、笠井八重子は少し不安そうに、言った。

「一つずつは、ほんの二十分ぐらいですよ。ただ、団地中全部となると、かなりかかるんでね」

「それはそうですわね」

「そろそろエレベーター会社の人間が来るころなんで、出て来たんですよ。運動会には行かなかったんですか？」

「何しろ、このお天気じゃ……。ずっと陽に当ってたら、それだけで参ってしまいますもの」

そうか。あのおばあちゃんは、心臓が弱ってたんだ。

「なるほどね。いや、しかし静かなもんですな」

「本当にね。何だか無人島にでも来たみたいですわ」

と、笠井八重子は言った。「もし時間があったら、おいでになればいいわ。お茶ぐらいさし上げますよ」

「こりゃどうも」

と、大岡は言った。「じゃ、後で寄らしてもらいますよ」

「ぜひどうぞ」

――大岡は電話を切った。

なかなか、しっかりした人だが、一人で残っていて、不安なのだろう。――そうか、エレベーターが停ると、あそこは十一階だから、どうにもならないわけだ。しかも心臓が弱くて。

まあ、すぐ済むんだから、別に問題はないだろうが。

大岡は、車の音に、窓の外へ目をやった。

エレベーターのサービス会社の車が、事務所の前に着いたところだった。

時間通りだな。大岡は肯いた。――時間に正確であることを、大岡は大いに評価するたちだったのだ。

大岡は立ち上がって、ドアの方へと歩いて行った。

笠井照子は、役員席のテントの中へ入って、ホッと息をついた。

「ああ暑い！」

思わず声が出る。もちろん、テントの中だから、陽は当らないわけだが、ともかくほとんど休む間もなく動き回っているので、汗だくなのだ。

「少し休みなさいよ」

と、太田育代が、紙コップを手に、やって来た。「冷たいお茶、どう？」

「ありがとう。汗になる、とは思っても、やっぱり飲んじゃうわね」

照子は、紙コップを、アッという間に空にしていた。

「——ああ、おいしい！」

「少し座ったら？」

「ええ。でも、綱引きの仕度をしなきゃ」

と、グラウンドの方を見る。「順調に進んでるわね。少し早く終るんじゃない？」

「まさか。もう十一時四十五分よ」

照子は、腕時計《うでどけい》を見て、びっくりした。

「へえ！　もうこんなに時間がたってたの！　まだせいぜい十一時かと思ってた」

考えてみれば、腕時計をチラッと見る暇もなかったのだ。

「この分だと、午前の部の終りが十二時二十分ね」

と、育代が言った。「午後は一時半からにする？」

「私たちで決めるわけにいかないわ。――金山さんは？」

「さあ、ついさっきまで、そこにいたけど……」

会長席に、金山の姿はなかった。

「トイレにでも行ったのかしら。――でも、お昼休みが一時間以上あると、却って、だれるんじゃないかしら？」

「そうねえ」

育代は曖昧に言った。大体、あまり素早く決断するタイプではないのだ。

「一時からにすると、お昼休みが四十分間か。――お弁当を食べるだけなら充分ね」

「そうね。そこで延ばすと、終りも遅れるし」

むずかしいところだった。四十分の昼休みといっても、照子たち、役員にとっては、前の競技の後片付け、午後一番の競技の準備があるから、それぞれ十分ずつぐらいは取られてしまう。残るのはたったの二十分だ。

これでは、ゆっくりお弁当も食べていられない。

「ともかく、会長さんに任せましょう」

と、照子が言ったとき、ちょうど、当の金山が戻って来た。

「やあ、暑いですね、ちょっと歩いて来ると」

金山は、タオルでしきりに額の汗を拭《ぬぐ》っている。「いや、汗っかきなんですよ、僕は」

「お昼休みのことですけど――」

「え？　ああ、お昼休みですね。この後だったかな」

「綱引きの後です」

「ああ、そうか。そうだった」

金山は、いやに落ちつかない様子に見えた。どうしたんだろう？　照子は首をかしげた。

時間のことを説明すると、金山はちょっと考えて、

「——早く終らせた方がいいでしょう」

と言った。「午後の部も少し延びると思わなきゃならないし、早目にスタートした方がね。一時開始にしましょうよ」

「分りました」

照子は肯いた。ともかく、どっちかに決れば、それでいいのである。

「じゃ、綱引きの用意だわ。育代さん、手伝ってくれる?」

「ええ、もちろん」

二人は、また強い陽射しの中へ出て行った。

「育代さん、帽子忘れてるわよ」

「いいの。少々のことじゃ、大して変らないもの」

「それもそうね」

照子はちょっと笑った。

「笠井さん」

と、呼ぶ声に振り向く。

「あら、関口さん。どうしたの?」

割合に照子の所から近い奥さんなのである。

「あの――うちの子、見ませんでした?」

と、関口恭子《きょうこ》は言った。

「洋子《ようこ》ちゃん? さあ……。気が付かなかったけど」

照子は育代の方を見た。育代も黙って首を振る。

「おかしいわ。どこに行ったのかしら」

「いつから見えないの?」

「ずっと」

「ずっと……。でも、一緒に来たんでしょう?」

「それが、途中でケンちゃんを待ってる、って言うから、私、先に来たの。いい場所を取っとかないと、後で主人がうるさいから」

「じゃ、ケンちゃんの所にいるんじゃないの?」

「そう思ってたの。でも、そろそろお昼だし、あの子がお弁当を持ってたんで、ケンちゃんの所へ呼びに行ったら……」

「いないの?」

「ええ。一緒に来なかった、って言われて、私……」

関口恭子は、不安そうだった。確かに、それでは心配になるだろう。

「ご主人は?」

「さっき来たわ。洋子、うちにも戻ってないのよ」

照子も当惑した。――迷子といっても、洋子はもう七歳だ。それに、いくら大勢人がいるにしても、このグラウンドの中なら、グルッと回れば、親を見付けられないはずがない。

「今、ずっと一回りしてみたの。でも、見当らなくて……」

「分ったわ。育代さん、放送してみて。洋子ちゃんに呼びかける形と、それから、見かけた人は、役員席へ連絡を、って」

「分ったわ」

育代はテントの方へ戻って行く。

「悪いわね、忙しいのに」

「いいえ、とんでもない! ――じゃ、そこで、待ってみたら? お昼休みまでに見付からなかったら、団地の方へ捜しに行ってみましょう」

「ありがとう」

関口恭子は、こわばった笑顔を見せた。

照子は、綱引きの準備のために、駆け出して行った。

十一時五十五分になっていた。


「もう昼だよ。昼飯でも食べに行っちゃどうだね」

と、大岡は、エレベーターの点検をしている男たちに声をかけた。

男たちといっても、二人だけだ。

「まだ途中なんで、きりがついてからにしますよ」

と、年長の男が言った。

年長といっても、二人とも大して違わないように見える。せいぜい二十五、六だろう。若い割にはよく働く。

大岡は、好感を抱いていた。若い連中の中にも、色々な奴《やつ》がいる。

年齢《とし》を取ると、人はつい、

「今の若い奴は……」

と言いたがるものだ。

しかし、今の若者たちにも、働き者も怠け者もいる。昔だって、同じだった。働き者も、怠け者もいた。それを、年齢を取ると忘れてしまうだけなのだ。

大岡は、そうなるまい、と思っていた。

一人住いなので、幸い、そうグチっぽくもならず、ボケてもいない。仕事を持っているせいもあるのだろう。

しかし、いつまでこうしていられるだろうか？

大岡は、エレベーターの点検を、ただ立って見ているのにも少し疲れて、建物の外へ出た。

一時間で、かなりはかどっていて、この分なら午後も三時ごろには終りそうだ。

昼を食べるにも、大岡は朝がゆっくりだったので、お腹が空いていなかった。

遠くから、運動会のざわめきが、晴れ上がった空を伝わって来る。

「そうだ……」

と、大岡は呟いた。

笠井八重子の所へ行ってみようか。――向うでも待っているかもしれない。今、行くと、お昼ご飯の心配をするかもしれない、と思ったが、一時になるまで待ったって同じことだろう。それなら今の方がいい。

お茶の一杯でいいから、と言って上がれば――ただ、おしゃべりができればいいのだから。笠井八重子のいる棟は、もうエレベーターの点検も済んでいた。大岡が、そこを最初にやってくれと頼んだのである。

大岡は、ぶらぶらと歩いて行った。

ちょうど団地の端に来ていて、雑木林と建物の間の道を歩いて行く。こっちから回ると、笠井八重子の棟に近道になるのだ。

この雑木林も、二、三年の内には切り拓かれて、新しい棟が立ち並ぶことになるのだろう。

大岡自身、ここへ来て、まだそう長いわけではないのだが、その間にも、周囲の風景はずいぶん変ってしまった。あと数年もしたら……。

「まあ、それまで俺がここにいるかどうかだな」

と、大岡は呟いて、ふと、足を止めた。

雑木林の、低い茂みの間に、何か赤いものが覗《のぞ》いていたのだ。

誰かがゴミでも捨てたのかな、と思った。

大岡は、何でもきちんとしていないと苛々するたちである。ゴミを捨てるときだって、可燃物と不燃物を分けずに、ごっちゃに押し込んで捨てる者がいる。市からの苦情は、結局大岡の所へ来るのだった。だから、というわけではないが、ともかく、見捨てておくことはできなかったのである。

大岡は、茂みの中へ入って行った。

女の子が――見たことのある女の子が、仰向けに倒れていた。

赤いのは、バスケットだった。傍に、ふたが開いたままになって、転がっている。

「おい……」

大岡はかがみ込んだ。「どうした？　おい――」

言葉を呑み込んだ。女の子は、大きく目を見開いたまま、ピクリとも動かない。

まさか！　まさか……。

大岡は、ゆっくりと立ち上がった。

顔から血の気がひいていた。膝が震えている。

この子は――死んでいる！

「えらいこった……。しかしまあ……何だってこんな……」

自分でも、分らぬままに呟いている。雑木林を出ると、大岡は周囲を見回した。

しばらく、そこにぼんやりと突っ立っていたような気がする。大岡自身、よく分らなかったのだ。

あの女の子は、殺されたのだ。やっと、そう思い付いて、身震いした。同時に、あれは確か、この目の前の棟に住んでいる子だった、と思い出していた。

名前は思い出せない。母親の顔も、憶えているが、姓は何だったか……。

「そうだ。――一一〇番。警察だ」

大岡は歩き出した。走りたかったのだが、足が言うことを聞かない。

しかし、ともかくも、管理事務所の方へと歩いてはいたのだった。

「何てことだ……畜生」

歩きながら、少しずつ、感覚が戻って来ていた。

あんな幼い子を殺すなんて！　きっと変質者か何かに違いない。

しかし、その類《たぐい》の事件は、この団地では、起こったことがなかったのである。

それは、一つには、団地外の人間がここへ入り込むことが、滅多になかったせいだろう。しかし、今、こうして実際に、事件は起こってしまったのだ。

管理事務所へ、やっと辿り着いて、大岡はともかくホッとした。

中へ入ると、ともかく一一〇番へ知らせなくては、と電話の方へ手を伸ばす。

そのとき、大岡は、自分が一人でないことに気付いた。

事務所の奥の方に、長椅子が置いてある。そこで、男が一人、横になっていた。

誰だ？　大岡は、ゆっくりと近付いて行った。

男は、長椅子で眠っているのだった。――この団地の人間ではない。

一見したところ、どうということのない男に見えた。若くて、そう薄汚ない感じもしない。

起こして、何をしてるんだ、と訊いてやろうとしたが、そんなことより、一一〇番が先だと思い直した。

また電話の方へ手を出しかけた大岡は、なぜかよく分らなかったが、手を止めた。何かが、引っかかっていたのである。

よく分らない。ただ「電話をかけるな！」と、大岡の中の何か﹅が叫んでいた。

大岡は、そろそろと振り向いた。――あの男は、まだ眠っている。

やっと――やっと、大岡は悟った。

なぜ、電話をかけてはいけないと思ったのかを。

男の、口の端に、赤い汚れがあった。何かを食べたときについたのだろう。それはケチャップのようだった。

雑木林の中で殺されていた、あの女の子のバスケット……。その開いたふたにこびりついていた赤いケチャップ。――大岡は、無意識の内に、それを目に止めていたのだ。

この男が――この男が犯人なのだ！

3

どうしたのかしら。

笠井八重子は、時計を見て、ちょっとため息をついた。もう十二時をとっくに回っているというのに……。

もちろん、大岡が仕事で出て来ていることは、笠井八重子も承知している。しかし、人間、年齢をとると、何でも自分が最優先にされないと機嫌が悪いものなのである。

「ちゃんと、うかがいますって言ってたのに……」

と、八重子は呟いた。

事務所へ電話してみようか。でも——いるかどうかも分らないし、あんまり電話して、しつこい、と思われたら……。

八重子は、あれこれ考えるのにも少々疲れて、窓から表を眺めた。

十一階。——目のくらむような高さである。八重子は、何年たっても、この「高さ」には、なじむことができなかった。

ここへ来たばかりのときには、窓から下を覗き込んだだけで、胸がドキドキして座り込んでしまったものだ。

エレベーターがあれば、何階だって同じことだ。いくら息子《むすこ》にそう言われて、頭でその通りだと分っていても、八重子の体の方がついて行かないのである。

それに、地震があると、上の階はひどくゆれる。これも八重子には不安の種だった。

それでも、時にはこうして窓から下界を眺められるようになった。やっと、ここ一年ぐらいのことだが。

「あら……」

八重子は、向い側の棟の窓の一つに、目を止めた。——カーテンが、引いたままだわ。

どうしたのかしら？　気にするほどのことでもないかもしれないが、ともかく他に考えることもないので、八重子はその窓を眺めていた。

こんなにいい天気で、しかも、みんなが運動会に出ているというのに、一軒だけ眠っているのだろうか？

「でも……」

八重子は、ふと呟いた。

さっき、八重子はこの窓から外を覗いていたのである。それで、管理事務所に入って行く大岡に気付いたのだから。

そのとき、あの窓はやっぱりカーテンが閉まっていただろうか？

いくら考えても、思い出せなかった。しかし、あのときも、やはりこんな風にぼんやりと、向いの窓を眺めていたのだ。

もし、カーテンが閉まっていたら、気が付いたのではないだろうか？

こんな昼間になってからカーテンを閉めるというのは……。

「――まさか！」

と、八重子は呟いた。

空巣？　もしかすると……。

そんなことが！　――しかし、今日は運動会で、ほとんどの部屋が空になっている。それを知っていたら、留守を狙《ねら》って入る者がいてもおかしくない。

八重子は、しばらくその窓を眺めていた。一旦疑い始めると、そうに違いないという気がして来るものだ。

「そうだわ！」

思い付いたことがある。――息子が、このところ、休みの日になると、バードウォッチングとかいって、双眼鏡で鳥を見に出かけたりするのだ。

八重子から見りゃ、鳥を覗いたって、面白くも何ともないようだが、それは好き好きというものだろう。

ともかく――今、八重子が捜しているのは、「双眼鏡」だったのだ。

「確か、あの辺に……」

戸棚をいくつか開けてみると、革のケースに入った双眼鏡が出て来た。

大き過ぎて、少々扱いにくかったが、それでも何とか、取り出して目に合うように広げて、調節をつける。

それだけで五、六分もかかってしまった。

「これでいいわ」

と肯き、窓際へ戻って、そのカーテンを閉めた窓に、双眼鏡を向けた。

ちょっとピントがボケている。老眼のせいかしら？

でも、つまみを回すと、大分はっきりした。かなり大枚はたいて買った双眼鏡だっただけにカーテンの模様までよく見える。

しかし、いくらいい双眼鏡でも、カーテンの奥までは見えないのだ。

「――だめね」

と、諦《あきら》めかけて、呟いたときだった。

いきなり、カーテンが開いたのである。

八重子は、思わず、

「キャッ！」

と叫んで、身を引いていた。

双眼鏡のせいで、まるで、目の前でカーテンが開いたような気がしたのである。

ああ、びっくりした……。

八重子は、胸を撫《な》でおろした。――心臓に良くないわ。

しかし、考えてみれば、向うからは見えるはずがない。二つの棟の間には、かなりの距離があるのだし、それに八重子は、窓の内側にいるのだから。

八重子は、改めて、双眼鏡に目を当てた。――男の顔が覗いた。

怪しい、と八重子は直感した。

何も、八重子が人並外れた鋭い直感を持っているわけではなく、たぶん、誰でも、その男を見たら、怪しいと思ったに違いなかった。

カーテンを開けた男は、激しく息をしていた。肩が上下するのが、はっきりと見てとれる。

いや、顔が汗で光っているのも、分った。ただごとではない。

ただ、動き回って汗をかいたというのとは、まるで様子が違っていた。

目が血走っている、というのか、怯《おび》えたように、左右へ視線を走らせているさまは、まるでオーバーな素人くさい演技を見ているようだった。

男は、その後、しばらく部屋の中を動き回っていた。八重子の視野には、時折入って来るだけだったが、あわただしく、右へ左へと動いているところは、何かを捜してでもいるように見えた。

「――間違いないわ」

と、八重子は呟いた。

あれは、きっと空巣だ。動き回っているのは、室内を物色しているのだろう。

どうしよう？　――八重子は、迷った。

一一〇番？　もちろんそれでもいい。しかし、犯人はすぐにも逃げてしまいそうだ。

それに、あの窓が何号室なのか、八重子には分らなかった。加えて――これが、ためらった一番の理由だが――八重子は、警察というところが嫌いだった。

以前に、一度引ったくりにあって、警察へ行ったことがあったが、まるで八重子が犯人みたいに、突っけんどんな応対をされて、すっかりこりてしまったのだ。

もちろん一一〇番するべきなのは分っていたが、自分でかけて、あれこれしつこく訊かれるのは……。

「そうだわ」

と、八重子は言った。

大岡がいる！　――下の管理事務所にいるのだ！

あそこへ電話して、事態を説明しよう。そうすれば、大岡が一一〇番してくれる。

八重子は、電話の方へと急ぎながら、大岡が、エレベーターの点検について歩いていなければいいけど、と思っていた。うまく、事務所にいてくれれば……。

「ええと――何番だったかしら」

よくかける番号は、電話のわきに、大きな字で書いてあった。管理事務所、と。

八重子は、一つ一つ、番号を確かめながら、ダイヤルを回して行った。

大岡は、じっと、その場に立ち尽くしていた。

冷汗が、とめどなく背中を流れ落ちる。

もちろん、この見知らぬ男への怒りは、胸の中にあった。しかし、この男は、殺人犯なのだ！

目の前に、殺人犯がいる。しかも、のんびりと眠っているのだ。――若いときの大岡なら、格闘してでも、この男を捕まえただろう。

しかし、もう若くはない。この年齢になって、殺人犯に出くわすなんて……。

大岡は、どうしていいか分らなかったのである。一一〇番したいのはやまやまだったが、ここで電話などかけたらこの男が起きるかもしれない。

警察に、話をしているときに、男が起きて来たらどうするか？

それを思うと、恐ろしくて、電話もかけられない。

ここを出て、外でかけるという方法もあったが、公衆電話は、かなり離れているのだ。その間に、この男は逃げてしまうかもしれない。

いや、ともかく――大岡は頭に血が上って、そして、怖くて、動けなかったのである。

しっかりしろ！　大岡は、自分を叱りつけた。

あの、雑木林で殺されていた女の子のことを考えろ！　しっかりするんだ！

よし。——ともかく、この男の目を覚まさせてはまずい。

外へ出て、電話をしよう。警官が駆けつけて来る前に、たとえ男が目を覚まして逃げたとしても、後から捜して見付け出すことは可能だろう。

大岡は、男の方を見ながら、そろそろとドアの方へ歩いて行った。ノブへそっと手を伸ばす。

そのとき——電話が鳴り出したのである。

大岡は、飛び上がるほどびっくりした。——あいつが起きる！

あわてて受話器を取ると、

「大岡さん？　笠井ですけど」

と、笠井八重子の声がした。

「あ——あの、今はちょっと——」

大岡が言いかけるのも構わず、

「大変なの。私ね、今、とんでもないものを見ちゃったんですよ」

「あのね、今は急ぐんです。また後で——」

「大岡さん、聞いてるの？　今、ここから向いの棟を見てたら――」

「かけ直して下さい。いや、こっちからかけるから、待っていて下さい」

「だけど――」

「いいですね。もうかけないで」

大岡は受話器を戻した。

実のところ、相手が笠井八重子だということしか、大岡には分っていなかったのである。話の中身を理解する余裕は、まるでなかった。

額の汗を拭って、ドアの方へ行きかけたとき、

「やあ、どうも」

と、声がした。

大岡が振り向くと、あの男が、長椅子に、起き上がって、笑いかけていた。

「――すみませんね」

と、関口恭子は恐縮していた。

「いいえ。心配ですもの、私だって」

笠井照子は、団地への道を急ぎながら答えた。

正直なところ、照子もお腹がペコペコであった。午前中一杯、役員の中でも一番よく駆け回ったのだから。

しかし、関口恭子の娘、洋子が、どこにもいないというのでは、放っておくわけにもいかない。

「どこに行ったのかしら……」

関口恭子の方は、不安が、もう涙になって溢《あふ》れ出て来そうだ。

「きっとどこかで遊んでるんですよ」

照子は、そう言ったものの、自分でも信じてはいなかった。

いくら子供といっても、洋子は七歳である。自分が、みんなの分のお弁当を持っていることも、ちゃんと承知していたのだ。

それでいて、姿を見せないというのは……。照子も、これは何か悪いことが起こったのかもしれないと思わざるを得なかった。

「どこを捜したらいいかしら」

と、関口恭子が、団地へ入って、途方にくれたように言った。

「ともかく、一旦、通った道を戻ってみましょうよ。お宅まで行ってみて、それから見付からなかったら、管理事務所へ——」

と言いかけて、「ああ、今日は日曜日だからお休みね」

「あら、誰かが——」

と、恭子が言った。

若い男が二人、ぶらつくようにして、歩いて来る。

「すみません」

と、照子は声をかけた。「あの——何かご用でここへ？」

「エレベーターの点検ですよ。ちょっと昼飯に、と思って」

と、一人が愛想良く答える。

「実は、女の子を捜してるんですけど、見かけませんでした？」

「女の子、ですか」

恭子が説明しても、男たちは首をひねるばかりで、

「——見かけなかったなあ」

「そうですか」

「事務所の人に訊いてみちゃどうです?」

「来てるんですか?」

「ええ。この点検があったんで、出てるんですよ。たぶん、事務所の方にいるんじゃないかな」

「どうも」

と、照子は礼を言った。「――じゃ、関口さん、あの事務所の大岡さんの所へ行って話をして来て下さい。私、一足先に、お宅の方へ向ってますから」

「よろしく、お願いします」

関口恭子は、管理事務所へと足を早めた。

「――心配ですね」

と、エレベーター会社の男の一人が言った。「お手伝いしましょうか」

「お願いできますか? 洋子ちゃんという、七歳の子で、赤いバスケットを持ってるはずです」

「分りました。おい、お前あっちを捜してみろよ」

「すみません」

と、照子が言うと、

「いや、どうせ急ぐ仕事じゃないですから」

と、笑って首を振る。

こんなときながら、照子は微笑んでいた。——何しろ、恭子の夫は、自分の娘が見当らないというのに、不機嫌で、捜そうともしないのだ。

色々な人がいるわ。——照子は、急ぎ足で歩き出した。

4

「どうもすみません」

と、その男は言った。

愛想のいい、人好きのする笑顔だった。

大岡も、この男が女の子を殺したのだと知らなかったら、なかなか気のいい男だと思ったことだろう。

「くたびれちゃって……。ここで横になってたら、つい眠っちまったんです。いや、本当にすみませんでした」

　男はそう言って、欠伸をした。

「いや、そんなことは……」

　大岡は、つとめて当り前の調子で言ったつもりだったが、声が震えているのが、自分でも分った。

「ここは、ずいぶん大きな団地ですね」

「うん……。まあね」

「いや、実は、お恥ずかしい話ですが、ゆうべ、酔っ払いましてね」

　と、男は、照れたように笑った。「タクシーに乗ったのはいいけど、道も分らなくって、降ろされちまったんです」

「なるほど」

　と、大岡は肯いた。

　ともかく、何か返事をしなくてはいけないような気がしたのだ。

「その後は——どうしたのかな。ともかく、外で眠っちゃったようなんですよ。目が覚めると、この団地の中で……。何だか人がいなくてね」

「今日は——運動会でね」

「ああ、それでね。やっと分りました。中を散々歩き回りましてね。それから誰にも会わないもんだから、何だか気味が悪くなって……」

と、男は苦笑した。「ここを通りかかって、ドアを開けてみたら、誰もいらっしゃらなかったんで、つい入ってしまったんです」

「いや、構わんよ」

やっと、大岡も、少し落ちつきを取り戻して来た。

ともかく、今は知らん顔で、この男から逃げることだ。むしろ、考えようによっては、これでこの男がここから出て行ってくれたら、助かるのだ。

「いや、本当にすみませんでした」

と男はくり返して、「ここから一番近い駅は、どう行くんですか?」

と訊いて来た。

「バスだね。駅までは歩くとかなりかかるから」

「そうですか」

男は、ちょっと困った顔になった。

「どうかしたのかね？」

「実は――財布をどこかへ落として来たらしくてね」

「そいつは気の毒に」

「ポケットに、何とか小銭が少し残ってたんですが……。バス代まであるかなあ」

「何なら、貸してあげるよ」

と、大岡は言った。

「いえ、そんなわけにはいきませんよ」

「遠慮するな。若いころにゃ、よくあることだよ」

大岡は、自分の財布から、五百円玉を一つ出した。

「これで、バスと電車ぐらいは乗れるだろう」

「そうですか……。いや、本当に申し訳ありません」

男は、頭をかきながら、受け取った。「後で必ずお返ししますから」

「気にせんでいいよ」

大岡には、やっと笑顔を見せる余裕ができていた。

「バス停は、ここを出て、左へずっと行けば、すぐに分るよ」

「色々どうも」

と、その男は礼を言った。「じゃ、失礼します」

「ああ、気を付けて」

半ばホッとしながら、大岡は言った。

そのとき、ドアが開いて、

「すみません！」

と、息を弾ませた女性が入って来た。「娘がいなくなったんです！　ここに来ませんでしたか？」

大岡は、それが、あの女の子の母親だと気付いた。しかし――まずい所へ！

「いや……見なかったよ」

と、大岡は言った。

「私、関口です。娘は七つで洋子といいます。赤いバスケットを持っていて……。あの――捜していただけませんか」

「そ、そりゃあもちろん……」

大岡は急いで言った。「ともかく、落ちつきなさい。ゆっくり話を聞くから」

まさか、この男が、あんたの娘を殺したんだとも言えない。

「私、どこを捜したらいいかと思って……」

と、関口恭子が言いかけると、

「ご心配ですね」

あの男が、口を挟んだ。「僕は通りすがりの者ですが、よろしかったら、一緒に捜しましょうか」

「まあ、ありがとうございます！」

関口恭子は頭を下げた。「あの子を一人で残して先に行ってしまったのが……。私がいけなかったんです」

「まあ、落ちついて。きっとどこかで遊んでるんですよ」

男は、穏やかに言った。

大岡の胸の中に、怒りがこみ上げて来た。――何て奴だ！

自分が殺した子の母親を、親切そうな顔で慰めている。こそこそと逃げ出すならともかく、一緒に捜そう、とは……。

「外へ出て、手分けして捜すことにしませんか」

男が、大岡の方へ言った。「――どうしました？」

大岡の顔を見て、男がいぶかしげに、訊いた。

大岡の怒りは、隠し切れないほどだったのだ。――突然、大岡は、恐怖を忘れた。

相手が殺人犯だろうが、何だ！　たとえ殺されたって、どうせあと何十年もある命ではないのだ。

「貴様！　それでも人間か！」

と、大岡は叫んでいた。

「どうしたんです、一体？」

男は笑って、「急に怒り出したりして」

「当り前だ！」

大岡は拳《こぶし》を固めた。「奥さん。――気の毒ですが、あんたの娘さんは殺された」

「殺され――」

関口恭子は唖然《あぜん》とした。口もとについてるケチャップが証拠だ！」

「犯人はこいつだ。口もとについてるケチャップが証拠だ！」

男がハッとして、手の甲で口を拭った。それは白状したも同じだった。

「こいつめ！」

大岡が殴りかかる。男は、よろけながら、それをよけた。

「やめなさい！　誤解ですよ、僕は――」

「黙れ！」

大岡と、男はもつれ合って、床に転がった。しかし、大岡の怒りも、相手の拳をよけるのには役立たなかった。

大岡は顎に一撃をくらって、目が回った。よろけて、尻《しり》もちをつく。

「僕のせいじゃない！」

男は、甲高い声で叫んだ。「あの子が大声を出したからだ！　あの子がいけないんだ！」

「この人殺し！」

大岡は、やっとの思いで、起き上がる。

男がドアの方へ駆け出した。ドアを開けて――と思ったとたん、目の前でドアが開いたのだ。

男は、前のめりに突っ込むようにして、表に転がり出た。

「どうしたの？」

立っていたのは、笠井八重子だった。

「待て！」

大岡が、立ち上がって、机から重い手さげ金庫をひっつかむと、外へ飛び出した。

男は、転がった拍子に、鋪石に頭をぶつけて唸《うな》っていた。大岡は、手さげ金庫を思い切り高く持ち上げると、男の頭に叩きつけた。

「ワッ！」

男が叫んで、引っくり返る。金庫の蓋が開いて、中から、小銭がそこいら中に飛び散った……。


「——何てことでしょ」

と、照子は、ため息をついた。

「ひどいことになったわね」

と、太田育代が首を振る。

パトカーが、犯人を乗せて走り去る。

関口恭子は、涙にくれながら、娘の遺体につき添って行った。

遠くから、ワーッという歓声。

「どうする?」

と、育代が訊いた。

「運動会? ――そうね。せっかくだもの、終るまで、このことは伏せておきましょうよ。ね?」

「そうね」

育代が肯いてから、「それにしても、会長さん、どこへ行っちゃったのかしら?」

育代は、会長の金山を捜して、やって来たのだった。

そこへ、大岡と笠井八重子がやって来た。

「お義母さん、どうしたんですか?」

と、照子は義母に言った。

「いや、実はね――」

と、大岡が、八重子に代って説明した。

「まぁ、空巣?」

と、照子が目を丸くした。

「間違いないよ」

八重子が自信ありげに肯く。

「ちょっとその部屋へ行ってみようと思ってね」

と、大岡が言った。

「ご一緒しますわ」

照子も同行して、その棟へと入って行く。

「——やあ、ご苦労様」

と、大岡が言った。

エレベーターが、ちょうど点検中だったのだ。

「これじゃ、お義母さんは上がれませんね。——どの部屋だったんですか？」

照子は、八重子の説明を聞いて、ちょっと考えていたが、「もしかしたら……それ、金山さんの部屋かもしれませんね」

「ともかく、階段で行ってみよう」

大岡は、あの犯人を捕まえて、すっかり張り切っている。

照子と大岡は、休み休み階段を上がって行った。

「——ここだったら、やっぱり金山さんの所だわ」

ドアの前で、照子は言った。「奥さんがおられたと思いますけど」

「入ってみよう」

ドアは開いた。——中へ入って、照子も大岡も、思わず立ちすくんだ。

「こりゃひどい！」

大岡が言った。

部屋の中が、めちゃくちゃに、荒らされていたのだ。引出しがぶちまけられている。

「奥さんは……」

照子は上がり込んだ。「奥さん！ ——奥さん」

捜すまでもなかった。

金山夫人は、胸を刺されて、倒れていたのだ。血が一面に広がって、すでに息は絶えていた……。

「——何てことだ」

大岡は、青ざめていた。「今日は、厄日なのか！」

「下へ行きましょう」

照子も青ざめている。「ここをあまりいじらない方が」

「そう。そうだね。――階段を降りよう」

二人は、重い足取りで、階段を一階まで降りて行った。

ちょうど、下へ着くと、エレベーター会社の男が、

「やあ、もう動きますよ」

と、声をかけて来た。「ほらね」

ボタンを押すと、途中で停っていたエレベーターが、ゆっくりと降りて来る。

「どうだったの？」

と、八重子が照子に訊く。

「ええ。――実は大変なことになって」

「私は一一〇番して来るよ」

と、大岡が歩き出そうとした。

そのとき、エレベーターが一階に降りて来て、扉が開いた。

「あれっ！」

エレベーター会社の男が声を上げた。「中にいたんですか！」

照子は、振り向いてびっくりした。

エレベーターの中で、青白い顔で座り込んでいるのは、金山だったのだ！

「会長さん！　どうしたんですか？」

「いや――突然、停っちまって――」

よろよろと、金山は外へ出て来た。全身、汗びっしょりだ。

「いや、すみません！」

エレベーター会社の男は頭を振った。「まるで気付かなくて」

そのとき、八重子が声を上げた。

「この人よ！」

照子は八重子を見て、

「お義母さん、何のことですか？」

「この人よ。窓から外を覗いてた空巣は！」

八重子は、金山を指さして言ったのだった……。

運動会は、最後の種目になっていた。

「——ひどい一日ね」

と、育代が言った。

「私たちのせいじゃないわ」

照子も、少々ふてくされ気味である。

「でも金山さんもドジねえ」

「ここから抜け出して、奥さんを殺し、強盗に見せかける。——エレベーターが停っちゃうなんて、思ってもいなかったのね、きっと」

「天罰だわ」

「同感」

と、照子は肯いた。

しかし、一つ悔まれるのは、関口恭子の娘洋子が殺されたことだ。もちろん、それとても、照子の責任ではないのだが……。

「——ねえ」

役員席の前に立って、グラウンドを眺めながら、育代が言った。

「なあに？」

「会長が捕まっちゃって、閉会の辞は、誰が言うの？」

「そうか……」

照子は、頭をかかえた。

――そろそろ、空は輝きを失って、鈍い夕空へと変りつつあった。

私からの不等記号

1

——ひどく疲れた。

久本隆一《ひさもとりゅういち》は、指で、閉じた目をぐっと圧してみた。目を開くと、視界が一瞬、ぼやけ、すぐ元に戻る。

でも、一向にスッキリした気分にはなれなかった。

一つには、このベッドに慣れていないということもあった。

俗に、「枕が変ると眠れない」という、久本もそのタイプである。ベッドは、少々広すぎ、かつ柔らかすぎた。

白っぽい天井を、ぼんやりと眺めていると、三年前に入院したときのことを思い出す。

久本がちょうど四十歳。そろそろ、三十代での仕事や深酒の無理がたたって来る年齢だった。

入院そのものは、久本に大した変化を与えなかった。胃をやられたといっても、命にかかわるなどの病状ではなかったし、手術まではせずに済んだのだから。

退院後、タバコを日に一箱に減らし――前は二箱喫《す》っていたのだ――酒も控えたが、それも三か月ほどしか続かなかった。

タバコは今でも一日一箱の線を守っているが、酒の方は全く昔通りに飲んでいる。ただ、体力の衰えから、アルコールにいくらか弱くなっているのは確かで、ダウンするのも早くなった。――しかし、それは逆らい難い、自然の成り行きである。

入院そのものの影響は、結局極めて小さかった。問題はその他の影響だった……。

あれから三年。長い長い、三年だった。

疲れたな、と久本は呟《つぶや》く。

当然のことだ。三年分の疲労が、ドッと出ている。

しかし、今、久本が見上げている天井は、病院のそれではない。いやに可愛《かわい》い装飾が施してあるし、鏡もはめ込んである。

――歌声が聞こえた。

バスルームの方からだ。シャワーの音でかき消されていたのが、それを止めたので、はっきりと聞こえて来る。

久本には、何という歌なのかまるで分らない。結構うまく歌っているようだが、元の歌を知らないので、評価は曖昧である。

とても俺《おれ》にはついて行けない、と思った。――久本とて、会社の宴会や、二次会で回るカラオケバーで歌うことはあるが、せいぜいが演歌まで。今様のアイドルの歌など、いくら聞いても憶えない。

まず、努力して憶えるほどのものじゃあるまい、とも思っている。

バスルームから、少女が出て来た。

こういうホテルに一緒に入るには、少々不つりあいな少女――十六歳、と言っているが、事実だろう。

いや、少女がバスルームへ入っている間に、久本は彼女の鞄の中を覗《のぞ》いて、ちゃんと学生証を見ていたから、間違いなく十六歳なのである。少女は学校帰りのセーラー服姿だったから。

「ああ、いい気持！」

と、少女は屈託なく言った。「おじさんもシャワー浴びて来たら？」

おじさん、か。――久本は苦笑した。

いや、そう若くないことは自覚している。むしろ、「おじいさん」と呼ばれなかったことを感謝すべきかもしれない。

「いや、もう少し休んでからにするよ」

と、久本はベッドの中から答えた。

「そんなにくたびれたの？」

少女は、まだ未成熟な肢体をバスタオルに包んで、笑った。

どことといって変ったところのない——そう、ごく当り前の高校一年生である。少なくとも、見たところは、そうだ。

丸顔で、ちょっと眉《まゆ》が太い。意地っ張りという印象である。しかし、可愛い顔立ちであった。

「君とは違うよ」

と、久本は言った。「もうトシだからね。回復するのには時間がかかるんだ」

「そう……」

少女は、ちょっと戸惑《とまど》ったような顔になった。「でも——私、もう一回、って時間ないのよね」

「ん？　——ああ、そういう意味じゃないよ。もちろん、分ってる」

「そう」

少女はホッとしたように笑顔を取り戻した。「じゃ、先に服着てるわ」

「いいとも」

久本は、少女がバスタオルを投げ出して服を着始めると、目をそらした。妙なものだが、ついさっき、ベッドで抱いていたというのに、こうして一旦《いったん》さめて、距離を置くと、照れてしまう。

そんな年齢でもあるまいに、と自分をからかってみた……。

しかし、ともかく、この少女とのひとときが、久本を落ちつかせたのは確かだった。不安を鎮めた、という方が正確かもしれない。

どんな不安や恐怖も、一度忘れてから思い返すと、色あせて、幽霊屋敷のからくりのように思えるものだ。

少女は、久本に、不安を忘れさせてくれた。

「——私、先に帰ってもいい？」

セーラー服姿に戻った少女が、鞄と、布のバッグを手に、ベッドの方へやって来た。

「ああ、もちろん構わないよ」

正直なところ、少女が先に帰ってくれた方がありがたいのだ。少し腹の出て来た裸をじっくり見られるのが体裁悪いということもあったが、もっと現実的な理由——彼が少女の学生証を覗いたように、少女の方も、彼がシャワーを浴びている間に、背広のポケットの身分証明書を見ることができるからである。

身許《みもと》を知られて、後でゆすられたりしたのでは、かなわない。この少女は、それほど悪質とも思えないが、どんな不良がくっついているか知れないし、それに何といっても、通りすがりの久本の腕を取って、

「二枚でいいけど」

と、ニッコリ笑って見せた娘なのである。

久本は、少女のバッグにぶら下がっている、小さな人形に目を止めた。

「その人形、今、はやってるのかい？」

「これ？　そうよ。女の子に人気あるの」

「そうか。うちの娘も同じのを鞄につけてるんだ」

「へえ。娘さん、いくつ？」

「十六だよ」

「私と同じだ」

と、少女は愉《たの》しげに言った。「やっぱりこんなことしてる？」

「してない、と思うがね……」

と、久本は笑った。「知らぬは親ばかりなり、かもしれないな」

少女は、ちょっと久本のことに興味を持ったように小首をかしげて、

「いつも、こんなことしてるの？」

と訊《き》いた。

「おい、それはこっちのセリフだ」

久本は声を上げて笑った。——もう、二度と笑うことなんかないんじゃないか、
と思っていたのに。

「おじさん、好きよ」

と、少女は言った。

「そうかい？」

「お説教しないから」

「できる立場じゃないよ」

「それでも、する人が多いのよ。親の気持を考えろ、とか言っちゃって。いい気なもんだわ」

少女は、久本の方へヒョイと身をかがめると、頰にチュッと軽くキスした。「じゃ、バイバイ」

「ああ。――ちょっと」

久本は、ベッドから手を伸ばして、椅子にかけておいた上衣《うわぎ》を取った。財布を出し、一万円札を一枚、抜き出した。

「これ、あげるよ」

「もう二枚もらってるわ」

「いいさ。――今日は特別なんだ」

「へえ」

少女は札を受け取ると、「では、ありがたくちょうだいいたします」

と、オーバーにかしこまって頭を下げた。

「じゃあね」

「気を付けて帰れよ」

と、久本が声をかけたときには、もう少女の姿は、ドアの向うだつた。

タクシーを降りると、久本は我知らず、周囲を見回していた。

もちろん、そこはいつもの我が家である。ちょっと郊外の、ちょっとモダンな建売住宅。といっても、何しろよく似た住宅がズラリと並んで、マッチ箱の行列のような光景には違いない。

この時間——夜中の十二時近くだった——になると、人通りも絶えて、まるで未開のジャングルの如く、静まり返る。いや、ジャングルなら、夜鳴く鳥や獣だっているだろう。

いつもの通り。総《すべ》ていつもの通りだ。

それが、久本には何だか信じられない。

ドアを開けて玄関を上がると、

「お帰り」

と、一人娘の麻美《まみ》が顔を出す。

「まだ起きてるのか」

「お母さんとTV見てたの。これからお風呂《ふろ》よ」

「早くしろよ。学校があるんだろ」

「教室で寝るもん」

麻美が浴室の方へ歩きながら言った。——久本は苦笑した。

「あら、早いのね」

妻の圭子《けいこ》が、台所に立っていた。

皮肉ではない。今日は遅くなる、と朝、言って出ていたからだ。

久本が「遅くなる」と言えば、たいてい、夜中の二時、三時なのだ。

「何か食べる？」

「お茶漬でもするかな」

久本は、そう言って、ネクタイを外した。

すっかり太って来た妻の後ろ姿を眺める。——時にはうんざりし、時にはホッとする、眺めである。

「――麻美の後に入ったら、お風呂？」

お茶漬を食べている久本に、圭子は言った。

「お前が先に入れよ。明日はゆっくりでいいんだ」

「じゃ、何時に起こす？」

「十時ごろでいい」

「そう」

と、圭子が肯く。

大したもんだ、と久本は思った。仕事で外へ出ることの多い久本は、毎日の出社がまちまちである。だから、圭子に起こしてもらう時間も、ほとんど毎朝のように違うのだが、圭子は、メモも取らずに、ちゃんと言われた通りの時間に久本を起こすのだった。

十八年の、結婚生活。――波乱なく過ぎるには、それは長過ぎた……。

食べ終えて、久本の手は、つい夕刊に伸びていた。社会面を素早く見る。出ていない。当り前じゃないか！

今夜の事件が、どうして夕刊に出てるんだ？

分ってはいても、見ずにはいられなかったのである。そんなものだろう。

麻美が、風呂から上がって、居間へ入って来た。パジャマ姿で、濡れた髪をタオルで巻いている。

麻美のハミングに、久本は顔を上げた。

「――その歌、今、はやってるのか？」

と、訊く。

「え？」

麻美は、ちょっとポカンとして、「今、歌ったの？　――そうよ。新曲なの。通でないと知らないわ」

じゃ、あの少女は「通」だったんだな、と久本は思った。歌詞まで憶えてたくらいだから。

風呂上がりの、湯の匂いが漂って、またあの少女のことを思い出させる。

「おい、麻美」

「なあに？」

「お前、ボーイフレンド、いるのか？」

「どうして？」

「いや。——訊いてみただけだ」

「いなきゃ変よ、高一にもなって」

「ああ。そうだな」

久本は、新聞に目を戻した。

あの少女の学生証。写真はちょっと暗い感じにうつっていたな。

名前は——確か、西原祥子《にしはらしょうこ》だった。

もちろん、憶えている必要などないのだが、何となく記憶に残っているのだ。

——夕刊に、大した事件は出ていなかった。

圭子が、片付けものがあると言うので、久本は先に風呂へ入ることにした。——

麻美の後で入ると、いつもぬるい。

よく風邪を引かない、と感心する。一人っ子で、小さいころから大事に育てて来たせいで、あまり熱い風呂にも入れなかったのだろうか？

もう、そんな昔のことは忘れてしまった。

少し追い炊きをして、やっと湯舟に身を沈める。

不思議なものだ。――こうして、ごく当り前の顔で、風呂に入っている。圭子も、麻美も、何かあったなどと考えてもいないように思える。

そう。俺自身にしてからが、つい忘れそうになるくらいだ。果して、あれが本当のことだったか、それとも夢の中の出来事だったのか、分らなくなるくらい、平静を保っている。

こんなものなのか？　人を殺した後、というのは……。

2

「久本課長」

と、受付の女の子が呼ぶ声で、顔を上げる。

「何だい？」

「お客様です」

「分った」

――受付の子に呼ばれる度に、刑事が来たのじゃないか、とドキリとする。そんな日々も、もう二か月もたって、過去のものになりつつある。

もっとも、油断したときが怖いのだ。気をゆるめてはいけない。

とはいえ、現実に、次第に安心感が根を張ってきているのは事実だった。

会社はいつもの通り、にぎやかである。女性社員が多いせいもあるだろうが、業績も上向きで、活気があるからでもあろう。

久本は、二年前から課長である。同期入社の中では、一番早かった。たまたま先任の課長が早死にしたということもあったのだが、いわば社内のエリートの一人と見られているのは間違いない。

受付の方へと歩いて行きながら、久本は、もう、誰もが、事件のことを忘れつつあるのを感じていた。

やはり、同僚が殺されたというのは——特に、同じ女子社員にとっては——ショックである。

一週間ほどは、社内も沈みがちで、いつもは女性たちの世間話のメッカである給湯室でも、ヒソヒソ声ばかりが響いていたものだった。

しかし、今はもう、何事もなかったかのように、

「ねえ、聞いた？　あの二人、ゆうべ泊ったらしいわよ！」

といった噂《うわさ》の花盛りである。

正直なところ、久本は、なぜ自分と根津珠代《ねずたまよ》の仲が噂にならなかったのか、不思議でならない。

こういうことにかけて、女子社員たちの情報ネットワークは、コンピューター顔負けなのだから。

彼女たちの口から、根津珠代の愛人の名前が挙って、そのアリバイを調べて……。

そうなれば、久本は万事休す、であったはずだ。しかし結局、警察は、根津珠代の恋人が誰だったのか、つかむことができなかった。いや、今のところは、である。

おそらく、根津珠代自身、あまり人付合いのいい方ではなく、特に女子社員の中でも孤立していたせいもあるだろう。恋人のことを話せるほど、親しい同僚が、彼女にはいなかった。

それが、久本と珠代を近付けた一因でもあるのだが。

もう一つ、久本と珠代が、全く別の課に属していて、仕事の上でも、また休み時間などにも、めったに顔を合わせなかったということ。

はた目に、「怪しい」と思わせるような場面が、社内では生じなかったのである。

一応課長という役職上、久本も刑事の質問に答えたが、根津珠代のことは、顔と名前ぐらいしか知らない、という答えで、向うは納得したようだった。

その後、警察が手がかりをつかんだという話も、一向に聞かない。

「――おかしいな」

受付まで来て、久本は呟いた。

来客というのに――誰もいない。

久本は、エレベーターホールの方まで出てみた。

一瞬、不安が胸をよぎる。刑事が方々に隠れているのではないか、と思った。

一斉にワッと飛びかかって来て、手首に手錠が……。

しかし、そんな様子でもない。

肩をすくめて、戻りかけたとき、

「おじさん」

と、声がした。

振り向くと、赤いワンピースの女の子が、いたずらっぽい笑顔を見せて、立っている。

「僕に——用ってのは、君かい？」

と、久本は戸惑いながら訊いた。

「ええ。忘れた？」

——そうか！　久本は目を見張った。

「西原祥子——だったな、君は」

「やっぱり、見たのね」

と、少女は久本をにらんだ。「後で、鞄を開けて、おかしいな、と思ったんだ」

「しかし——」

「でも、よく私の名前、憶えてたわね」

「君、どうして……」

「ベッドに入る前に、ポケットから名刺を一枚いただいたの」

と、少女——西原祥子は言った。

「そうか」

と、久本は言った。

どうしたものか、一瞬迷った。――この少女が、どういうつもりでやって来たのか、分らない。

ともかく、まずそれを確かめるのが先だ、と思った。

「もうすぐ昼だね」

と、久本は言った。「昼ご飯でもどうだい？」


「――おじさん、怒ってる？」

ほとんど、ランチを食べ終えたころになって、西原祥子が言った。

「どうして怒るんだ？」

「さっき、怖い顔してたもの」

「そうかい？」

久本は、さり気なく言ったが、ちょっとひやりとした。そう、大体が、感情を隠したりするのが苦手なのである。

「怒ったわけじゃない。びっくりしただけだよ」

レストランの中は、割合静かだった。サラリーマンで混み合うには少々値段が高いのである。それだけに、同僚の目にはつかない。

「分ってるんだ」

と、西原祥子が言ったので、久本はギクリとした。

「何が分ってるって？」

「ああいう相手とは一回限り。それがお互いのためだもんね」

「そうだな」

ホッとして微笑んだ。まさかこの少女が、彼のことを殺人犯だと見抜いていると
も思えなかったが、つい、万一の場合を考えてしまう。

その辺が、彼の気の弱さなのかもしれない。

「今日、学校は？」

と、久本は訊いた。

「今日まで休み。テストが終ったから」

「そんな時期か。これぐらいの年齢《とし》になると、もう忘れちまうな。いつがテストだっ
たか、なんて」

「羨《うらや》しい。早くそうなりたいな」

「しかし、君はまだ十六だろ」

「でも、当り前に結婚してさ、子供生んで、育てて――それからまた思いっ切り遊べるじゃない?」

「へえ。ずいぶん先のことまで考えているんだな」

「人生、長いからね。子供の成績ばっかり気にしてるような親にはなりたくないもん」

西原祥子の大人びた口のきき方に、久本は苦笑した。

昔の「不良」というイメージとは、まるで違う。平気で久本のような見も知らぬ男とホテルへ行きながら、結構冷めているのだ。

そこから先は危い、という限界を心得ている。それがまた、怖いところでもある。

「でも、私、成績結構悪くないのよ」

と、西原祥子は、コーヒーを飲みながら言った。「数学じゃクラスでトップだったし」

「凄《すご》いじゃないか」

「ただ、むらがあるの。社会は苦手なんだ。暗記物は特にね」

と、肩をすくめる。

しかし――と、久本は、何となく自分も若やいだ気分になりながら思った――この子は何をしに来たんだろう？　小づかいをせびりに来たのか？　それにしては、屈託がなく、楽しげである。

「ちょっと――」

と、西原祥子が化粧室に立って、久本は腕時計を見た。

あと昼休みが十五分ある。――もちろん、多少戻るのが遅れても構わないのだが。

ともかく、西原祥子が、なぜこんなに時間がたってから会いに来たのか、確かめなくてはならない。

ぼんやりとレストランの中を見回していた久本は、一人の客と目が合った。とたんに、向うがパッと目をそらした。

誰だろう？　久本は、ちょっと首をひねった。――どこかで会ったことがある。

見た顔なのは確かだが、しかし、誰だったか、思い出せないのだ。

久本は、そっと、もう一度その男を見やった。

どうも、このレストランにはあまり似つかわしくない男である。やはりランチらしきものを食べているが、いやにせかせかとかっこんでいる。

よっぽど忙しい仕事の男なのかもしれない、と思った。着ているものなど、いやに地味である。年齢はだいたい三十五、六というところだと思えるのだが、その割に、年寄りくさい好みだ。

「——ここ、トイレもきれいね」

西原祥子が、楽しげに戻って来た。「いつも、こんな店でお昼、食べてんの？」

「今日は特別さ。いつもここで食事してたら、財布がもたないよ」

「へえ。意外と世帯《しょたい》じみてんだ」

と、笑顔で、「——娘さん、同じ年齢だったっけ、元気？」

「まあね」

久本がチラッと腕時計に目をやる。

「もう、会社に戻るの？」

「いや、もう少し大丈夫だ」

「そう」

西原祥子は、水をガブリと飲んで、「——でも、あんまり時間潰《つぶ》させちゃ悪いわ。

出ましょうか」

と立ち上がる。

久本も、あわてて立ち上がった。

レストランを出ると、西原祥子は、

「ごちそうさま」

とピョコンと頭を下げた。

「いや、これぐらい……」

久本は財布をしまいかけて、ちょっと迷った。それから、一万円札を一枚抜くと、

「これ――」

と、渡そうとする。

「なあに、これ？」

「いや――昼を付き合ってもらったからね」

「いらないわ」

西原祥子は、ちょっと不機嫌そうな表情になった。

「私、別にあなたにたかりに来たんじゃないもん。お昼ごちそうになっただけで充

分」

「しかし――」

「何もしないのに、お金なんか取らない！」

西原祥子は、そう投げつけるように言うと、クルリと背を向け、足早に行ってしまった。

久本は、ポカンとしてその後ろ姿を見送っていたが、やがて肩をすくめると、一万円札を財布へ戻し、歩き出した。

「分らんな、今の女の子は……」

考えながら、ふと前方のショーウインドウに目が行く。

そこに、あの、レストランにいた男が映っていた。

その瞬間、久本は思い出した。あの男――根津珠代が殺されたとき、会社へやって来た刑事だ！

落ちつけ。落ちつけ。

――その日、一日、久本は自分へそう言い聞かせていた。

しかし、刑事に見張られていると知ったショックは、思いの外大きかった。

ともかく、その日は全く仕事が頭に入らないままに終った。

会社を出ても、いつも尾行されているような気がして、つい振り向いてしまう。おかげで、家に帰るまでに何回も人とぶつかってしまった。

「——今日は真面目《まじめ》に帰って来たのね」

珍しく、夕食のテーブルを一緒に囲んだ久本に、娘の麻美が冷やかすように言った。言われてみて、やっと、ずいぶん時間が早いのだと初めて気が付く始末である。

——それでも、風呂へ入って、ゆっくりすると、やっと状況を考える余裕が出て来た。

あのレストランに刑事がいたのを、偶然とは考えられない。刑事は、はっきり久本の方を見ていたし、後を追うようにして、レストランを出て来たのだから。

してみると、久本が思っていたほど、警察ものんびりしていたわけではなさそうだ。

おそらく、どこかから噂を聞き込んで、久本が珠代と付き合っていたのを知った。

しかし、二か月もたっていると、はっきりと容疑をかけるだけの根拠もつかめないでいるのではないか。

だから、さり気なく監視するに止《とど》めているのだ。もし、はっきり二人の関係を立証するだけのものをつかんでいたら、当然、久本を呼んで、話を聞こうとするはずである。

そうなると、久本としては、ここは全く関係ないという顔で、平静に振る舞っているのが大切だ。今日のように、ソワソワと落ちつかず、十歩毎に後ろを振り向くようなことをしていたら、それこそ、怪しいことを自分で認めているようなものである。

よし。——ここは大きく構えて、平然としていよう。

自分の度胸が試されるときだ。それに、身の安全がかかっている。

そう決心すると、意外に、闘志が湧《わ》いて来た。刑事の張り込みなどに負けてたまるか、という気になって来るのである。

その夜は久しぶりに妻を抱いた。一種の張りつめた危機感が、却《かえ》って、久本を若々しくしているようだった。

圭子が、存分に満足して、裸のままで眠り込むほど、久本は頑張って、しかも爽《さわ》やかに寝入ったのである……。

3

次の朝、十時ごろ起き出すと、娘の麻美がＴＶを見ていた。

「おはよう、お父さん」

「ああ。――お前、学校は？」

「試験休みよ」

「そうか」

久本は、不意に、あの少女――西原祥子のことを思い出した。

テスト休みだ、とあの子も言っていたっけな。

「お父さん、ご機嫌ね」

と、麻美が言った。

「そうか？　どうしてだ？」

「歌なんか口ずさんじゃって」

「そうだったかな」

自分では意識していないのである。

「それ、この間、私がハミングしてたやつよ。お父さん、どこで憶えたの？」

「知らんよ。つい口から出てただけだからな」

と、久本は言った。

そうだ。——西原祥子のことを、何とかしなくてはならない。

久本は、食事をして、家を出た。

刑事に尾行されている様子はない。もちろん、そう簡単に見付かってしまうようでは、仕事になるまいが。

——あの少女は、久本とホテルへ行ったのがいつだったか、正確に憶えているだろうか？

意外にしっかりした娘だ。ちゃんと憶えているかもしれない。それに、あの日は、特別、お金が必要だったのだろうから、はっきり記憶に残っているとも考えられる。

もし、刑事があの子に会って……。

昨日、刑事は西原祥子を見ている。もっとも、あの後も、久本を尾行していたらしいから、彼女のことは大して気にしていないのだろう。

親戚の娘ぐらいに思ったかもしれない。

だが問題は、これからだ。あの少女が、もし度々現われるようなことがあると、刑事の目に止る可能性もある。

もちろん、彼女の方も、売春をしていたわけだから、刑事に訊かれてもそうスンナリとはしゃべるまい。

——名刺だ。

久本は、思い付いた。西原祥子は、久本の名刺を持っているのだ。

あの名刺を、何とか取り戻さなくてはならない。

もし、彼女の言葉で、久本が、事件当日現場近くにいるのが可能だったと分っても、何も二人の関係を示す物がなければ、一切、知らない、で押し通すこともできる。

あの名刺は、彼女の手許《てもと》に残しておいてはまずいのだ。

久本は、途中の駅で電車を降り、会社へ電話を入れた。

「——うん、外を回って——夕方社へ行くから。——ああ、また電話を入れるから、頼む」

これでいい。

久本は、あの学生証の学校の名を憶えていた。仕事で、前を通ったこともある。

電車とバスを乗り継いで、久本は、西原祥子の通っている学校へと向った。

タクシーなら一本だが、色々と乗り換えて行った方が、尾行(もし、されているなら、だが)をまけると思ったのである。

ぎりぎりで飛び乗った電車もあり、これなら、充分に尾行は振り切れた、と思った。

学校へ着いたのは、昼過ぎだった。

ちょうど昼休みで、校庭に生徒が出て遊んでいるのが見える。

女子校で、それだけに、駆け回っている生徒もいなくて、静かなものである。

久本は、ここへ来たものの、さて、どうしようか、と思った。

西原祥子に会うには、下校時間まで待たねばなるまい。

大体何時ぐらいに帰るのだろう? 三時か四時か……。

久本は、校庭を囲む金網沿いに、ぶらぶら歩いて行った。

「——おじさん。ねえ、おじさん」

声がして、びっくりして振り向くと、当の西原祥子が、金網の向うで、笑っている。

「やあ」

「やっぱりそうだ。似た人だなあ、と思ってたのよ」

「一人なのかい？」

「優等生は孤独なの」

と、祥子は気取って、言った。「良かったわ」

「何が？」

「気になってて。昨日は、ごめんなさい。あんな口きいて」

「いいんだよ」

「今日は時間あるの？」

「でも、まだ終らないんだろ？」

「終らせたって構わないわよ」

「脱《ぬ》け出すのかい？」

「ええ。別に珍しくもない。みんなやってることだわ」

「しかし……」

「待ってて！」

と言うなり、久本が止める間もなく、祥子は駆け出して行ってしまった。

――その辺をぶらついていると、五分としない内に、

「お待ち遠さま！」

と声がした。

鞄を下げて、祥子がやって来る。

「どこから出て来たんだ？」

「あっちの方の塀が壊れてるの。みんな、脱出用に使ってるわ」

「なるほど」

と、久本は笑った。

「ねえ、私、お昼にパン一つしか食べてないの。何かおごって」

「いいよ。何が食べたい？」

と久本は訊いた。

「――こんなものが旨《うま》いのかね」

久本は首を振った。

ペッタンコのハンバーグをパンに挟んで、電子レンジであたためただけ。何とも味気ない料理である。

「立ったままじゃ疲れるでしょ。あそこに座ろうか」

と、祥子は椅子《いす》を指した。

「それほどの年寄りじゃないぞ」

と言いながら、久本は椅子に腰をおろした。

「早いとこ食べて、行こうよ」

「どうしてだい？」

「ここ、先生が時々見に来んのよね。生徒が入ってないかどうか。――学校の外で、何食べたって、放っといてほしいもんだわ」

「それが仕事なんだよ」

「それにしたってさ。大きなお世話よ」

久本は苦笑した。麻美も、時々、同じような口をきく。この世代というのは、こういうものなのだろうか。

「――ねえ、おじさん」

ハンバーガーの店を出て、中で買ったシェークを、歩きながら飲んでいる。

「うん?」

「私に何か用事だったの?」

久本は迷っていた。名刺の件を、はっきりと切り出したものかどうか。

あまり真剣に、返してくれと言うのも、却って妙に思われそうだ。といって、彼女が名刺をどこに持っているのか分らないのだから、こっそり取り戻すというのも容易ではない。

さり気なく、その話に持って行ければ一番いいのだが。そのためには……。

「ホテルに行こうか」

と、祥子が言い出した。

久本は、祥子を見た。

「構わないのか?」

「うん。お昼のお礼」

「あんなもの、いいんだよ」

「でも、そういうことにしといてよ。気が楽だし、それに私、おじさんのこと、好きだもん」

久本は面食らった。本気かどうかはともかく、「嫌い」と言われるより「好き」と言われた方がいい。

久本は、この前、祥子とベッドに入ったときのことを突然思い出した。あのときは、珠代を殺した直後で、祥子のことも、ほとんど夢中で抱いていたのだが……。

しかし、妻などとは違う——珠代とも全く違う、滑らかな、若々しい肌の感触が、急に思い出されたのである。

「よし」

と、久本が言った。「じゃ、行こうか」

「うん。ちょっと待ってて」

祥子は、シェークのコップを、手近なクズカゴに投げ込むと、「本屋さんに寄って行かなくちゃいけないの」

「何を買うんだい？」

「本よ」

と言って、祥子はクスッと笑った。「授業で使う本。買っとかなきゃいけなかったんだ、もう」

「へえ。結構真面目なんだな」

「そうよ。言ったでしょ。優等生なんだから」

「じゃ——ほら、そこに本屋があるよ」

「うん。でも、ここはだめなの」

「どうして？」

「この向うの本屋さんがいいのよ」

少し行くと、割合に広い、スーパーマーケット風の造りの本屋があった。

「——じゃ、ちょっと待っててね」

自動扉《ドア》が開くと、祥子は、そう言って店の中へ入っていった。

久本は、少し表に立っていたが、週刊誌でも買おうかと、店の中に入った。

そう客は多くない。時間的にも、中途半端なのだろう。

店員が欠伸《あくび》をしている。

久本は週刊誌を一冊買うと、店の中をぶらついてみた。——本というものに目を向けなくなって久しい。

社会へ出てしまうと、もう文学など、遠い昔のもののように思える。たまに、「趣味は読書」などという管理職もいるが、読むものといえば、経済学者の未来予測ものか——当ったためしがあるのだろうか？　——でなければ、戦国武将の話を、現代サラリーマン風に解釈する小説ぐらいのものだ。

あれは「読書」というより「栄養剤」みたいなものである。読んでいる間だけ、自分が大物になったような気がするのだ。

久本は、そんなものには興味がなかった。

——棚の先を回ると、祥子の後ろ姿が見えた。一応、ちゃんと参考書のコーナーに立って本を捜しているらしい。

漫画でも買うのかな、と思っていたのだが、意外に、真面目なところは真面目なのかもしれない。それも、考えようによっては、怖いことだが。

見付けたらしい。一冊の本をめくって、中を確かめている。

そして——久本は、目を疑った。

鞄の蓋がパッと開いたと思うと、その本がスルリと中へ滑り込んでいた。アッと思う間もなく、鞄は元の通りになっている。

祥子は、何事もなかったように、本棚を眺めていた。そして、一、二冊、別の本を出しては、パラパラとめくって、棚に戻し、それからちょっと肩をすくめて、歩き出した。

久本は、祥子が、平然と、レジの方へは目もくれず、店から出て行くのを、呆然と見送っていた。

後から出て行くと、祥子は、振り向いて、

「なんだ。中にいたの？　逃げちゃったのかと思った」

と笑った。

「いや――ちょっとこいつをね」

と、久本は週刊誌を見せて、「じゃ、タクシーを拾おうか」

と言った。

久本の方がドキドキしていた。店員が、

「ちょっと！」

と、追いかけて来るような気がして……。

タクシーに乗って、走り出すと、久本は本屋の方を振り返った。誰も追いかけては来ない。

久本は、ホッとしていた。

「――君、小づかい、足らないのか」

と、久本が言った。

ホテルのベッドの中。――奇妙な気分だった。

自分の娘と同じ年齢の少女と、肌を触れ合って寝ている、というのは。

この前のときは、そこまで考えている余裕はなかったのだ。

「私？　――そうね。足りると言えば足りるし、足りないと言えば足りない」

と、祥子は言った。「どうして？　いいのよ。今日はタダ」

「そうじゃないよ」

と、久本は、祥子の、すべすべした肩に手を伸ばした。

「さっき、参考書を万引きしただろう」

祥子は、ちょっと顔を上げて、

「見てたの？」

「うん。——偶然、後ろに立ってた」

「そうか！　まずいなあ」

祥子は、パタッと枕《まくら》に頭を落とし、「見られるようじゃ、まだ未熟だ」

「だから——小づかいが足らないのか、と思ってね」

「そんなんじゃないわよ」

と、祥子は笑った。「だって、参考書なんて、馬鹿らしいじゃない、お金出すの。同じ出すなら、シングル盤一枚買った方がずっといい」

「いつもやってるのか？」

「時々よ。みんな、もっとやってるわ」

「みんな、って……誰でも、ってわけじゃないだろう」

祥子は、フフ、と笑って、

「うちの子に限っては、そんなことしない？　——どうかな。別に不良じゃなくても、ちょっとしたティッシュとか、小物なら、年中やってるわ」

麻美もやっているのだろうか？　いや、そんなことは——そんなことはない！

「時代も変ったもんだな」

と、久本は言った。「どうしても欲しい本があって、金がない。いけないと思いつつ、盗む。——そんなことは、昔もあった。しかし、金があれば、ちゃんと買ったもんだよ」

「へえ。真面目だったのね」

祥子は、大して関心もない様子で、「ああ眠くなっちゃった！」

と、欠伸をした。

「ねえ、おじさん。もうここを出る？」

「うん？　——ああ、そうだな。そろそろ会社へ行かなくちゃ」

「じゃ、シャワー浴びて来るね」

「うん」

祥子が、ベッドから出て、裸のままでバスルームへと消える。

久本は、奇妙に、ショックを受けていた。

いや、していることからいえば、自分の方がずっと罪が重い——女を殺し、こうして未成年の少女とホテルへ来ているのだから。

たかが本一冊の万引きを、咎《とが》めだてする資格は、自分にはない。それはよく分っていた。

しかし、それでも——あの、万引きの現場を目にしたショックは大きかった。

祥子は、必要もないのに、本を盗んだのだ。金がなかったのでも、追い詰められたのでもない。ただ、「何気なく」盗んだのだ。

そこが、久本の理解を絶したところであった。

久本が根津珠代を殺したのは、珠代が、別れることを拒んだからだった。もちろん、それだけではない。

男と女の仲は、それほど単純なものではないのだ。長い間の、愛憎が、ある日突然、小さなきっかけで爆発する。——もちろん、それで犯行が正当化できないことは、百も承知だ。

しかし、久本は、必要もないのに、本を盗もうとは思わない。その気持は、どうしても分らなかった。

「——そうだ」

名刺だ――あれを忘れていた！

久本は、あわててベッドから出ると、祥子の鞄を開けて、中のポケットを探った。

「――何してるの？」

振り向くと、祥子がバスタオルを体に巻いて、立っている。

「いや――ちょっとね」

どうにも、間が悪かった。久本の方は裸のままである。

「欲しいものがあれば、言えばいいじゃないの」

久本は、息をついて、服を着始めた。

「――名刺だ。君が持って行った名刺さ」

「名刺？」

「持ってるんだろ？」

「知らないわ」

祥子は、ちょっと久本をにらんだ。「本を万引きしたって文句言っといて、自分は人の鞄をあけるの？　大人なんて、いい気なもんだわ」

久本は目を伏せた。言い返せないのが、辛いところだ。

「あんなもん、捨てちゃったわよ」

服を着ると、祥子は鞄をつかんで、「じゃ、さよなら」と投げ出すように言って、部屋を出て行ってしまった。

4

二週間が過ぎた。

何事もない、しかし、どこか不安につきまとわれる日々が、続いていた。

久本は、その日、昼から外を回ることにして、一旦社を出ると、食事をしようと、近くの店に入った。

満員でしばらくは待たされそうだ。

表に目をやると、ハンバーガーの店が目に入った。祥子のことを、ふと思い出した。

久本は、そのハンバーガーの店へと足を運んだ。

立ち食いってのも、たまにはいいもんだな、と思った。

カウンターのようになったテーブルで、立ったままハンバーガーをパクついていると、隣に誰かが立った。

「はい、コーヒー」

久本はびっくりした。――西原祥子である。

「君……」

「よく、飲物なしで、そんなもの食べられるわね」

祥子は、この前と同じシェークを飲みながら、「そのコーヒー、おごるわ」

と言った。

「そいつはどうも。しかし――どうしてここへ？」

祥子は、真顔で、久本を見た。

「あなた……女の人を殺したの？」

久本は、じっと祥子を見返した。

「警察が行ったのか」

祥子は、黙って肯いた。

甘かった。――警察も、馬鹿ではない。ちゃんと、尾行していたのだろう。

「何を訊かれた？」

「あなたのこと。ホテルへ行ったの、知ってて……。どれくらい付き合ってる、とか、何か買ってもらったか、とか……」

「他には？」

「最初に会ったときのこと。――向うが、何月何日には会ったか、って訊いたの。い、いあの日だったのよ」

「そうか」

「私、そんなの憶えてない、って言ったわ。その日がどうかしたんですかって訊いてやったの。そしたら……」

祥子は、言葉を切った。

久本は、ハンバーガーの残りを口の中へ押し込んで、コーヒーで流し込んだ。

「――迷惑かけたな、それじゃ」

「そんなこといいけど」

「良くないよ。ご両親には？」

「外で話しただけだから……。でも、もし嘘《うそ》ついてたら、何もかも、家と学校へ知らせるって」

「すまん」

久本は、首を振った。

「ねえ、あなた、本当に……」

久本は、コーヒーを入れていた紙コップを手の中で握り潰した。そして、くず入れに放り込むと、

「出ようか」

と、言った。

「ええ」

祥子は肯いた。

外へ出て、二人は歩き出した。

「学校は？」

「さぼって来たの」

祥子は、セーラー服に鞄を下げている。

「僕のために、そこまでしなくてもいいのに」

「だって、何だか……」

祥子は、曖昧に言った。

昼休みも、もう終りで、公園のベンチは空っぽになっていた。

久本と祥子は、そこに腰をおろした。

「——見られない？」

と、祥子が言った。

「いいさ。どうせ、どこからか見張られてるんだろうからな」

久本は息をついて、空を見上げた。よく晴れている。

「あなた、だから名刺を取り戻したがったのね」

祥子が、芝生の方へ目をやりながら、「後で探したけど、どこかに行っちゃってたわ」

「君は憶えてるんだろう、僕と初めてホテルに行った日を。——あの現場は、あのホテルに近い。君が証言すれば、きっと逮捕に踏み切るだろうな」

「本当に殺したの？」

久本は祥子を見た。祥子の目に、怯《おび》えたような色はない。

「どう思う？」

「――分んないわ。人間なんて、分んないでしょ」

「そうだな」

と、久本は肯いた。「僕も、君が万引きをする子だとは、今でも信じられないくらいだからね」

祥子は、思いがけず、笑った。

「こだわってるのね、ずいぶん。――あなたの娘さんに訊いてみた？」

「いや」

と、首を振って、「怖くてね。そんなこと誰だってやってるわよ、と言われるのが」

――二人は、しばらく黙っていた。

「僕が殺したんだ」

と、久本は言った。

祥子は、大して驚いた様子もなかった。

「恋人だったの？」

「うん。――しかし、不安定な仲だったからね。平穏なときの方が短かったくらいだ」

「喧嘩《けんか》?」

「色々さ。――初めは、お互いに遊びと割り切ろうと約束していた。〈大人の関係〉ってやつを気取ってたんだ。よくあるだろ、小説とか映画とかで」

「互いに干渉しないってわけね」

「現実には、そううまく行かなかった。それでも初めの一年ぐらいはまずまずだった。――彼女が妊娠して、もちろん生むわけにはいかなかった」

「でも、それは分ってたんでしょ?」

「頭ではね。――人間は、それだけでは割り切れないものだ。それ以来、彼女は時々、ひどく僕に食ってかかるようになった。そうなると、こっちもいや気がさして来る」

「悪循環ね」

「そういうことだな。この半年ぐらいは、もう地獄のようだった……」

「別れられなかったの?」

「別れることもできず、といって、そのままやってもいけなかった。――ああなるしかなかったんだ」

久本は、首を振って、「僕は自分を弁護するつもりはないよ。やったことはやったことだ。しかし――ただ、妻に知れるのが怖くて殺したわけじゃない。結果は同じでも、僕の中では、全く違うんだ」

祥子は、しばらく黙って久本を見つめていたが、やがて肩をすくめると、

「分んないわ、私には」

と言った。

久本は、ちょっと笑って、

「そりゃそうだな。分ったら怖いよ」

「ともかく――」

祥子は立ち上がった。「あなたと会った日が何日だったか、忘れたことにしとく」

「ありがとう」

「別に、あなたのためじゃないわ。私、警察なんかと関り合いたくないの」

「それはそうだろうな」

久本も立ち上がった。「送ろうか」

「いいわよ。一人で帰る。見られたらまずいでしょ」

「知られてるんだ。同じことさ」

「でも、いいわ。――私も、できることなら、両親に知られたくないしね」

「当然だよ。これで会わないようにしよう」

「そうね」

と、祥子は肯いた。「じゃ、さよなら。気を付けてね」

「ああ」

久本は肯いて見せた。「わざわざ来てくれて、ありがとう」

祥子は、ちょっと笑顔を見せ、それから歩いて行った。

久本は、一人になると、ゆっくりと周囲を見回した。

どこから見ているんだ！　畜生！　出て来たらどうだ！

久本は叫び出したかった。

祥子は、スーパーの棚を眺めて歩いていた。

学校の帰り道である。本当は、寄り道してはいけないのだが、目に付かなければいいのだ。

必要な買物は済んでいた。

時間があるので、ぶらりと小物のコーナーを歩いていた。

色々なキャラクター商品が並んでいる。アニメやマンガの主人公を入れるだけで、やたらと高い値をつけた、ありきたりの財布だの定期入れ、ノート、手帳……。

こんなものを買ってたら、きりがないわ、と祥子は思った。

しかし──だからといって、一つも持っていないのも、ちょっと困ることだった。友だちの間では、一応、目立つ方なのだから、あまり平凡な小物ばかりでは、立場がない。

可愛いメモ帳があった。──悪くないな、と思った。

値段も安い。これにしようか。

手に取って、祥子は、歩き出した。

一番近いレジの方へ行きかけたとき、ちょうどそのレジが閉まってしまった。〈お隣のレジへどうぞ〉という札を置いて、店員がどこかへ行ってしまったのだ。

「隣のって……」

見れば、隣は日用品で、やたらと混んでいる。並ばなくては買えないようだ。

面倒になった。――祥子は手の中のメモ帳をちょっと見た。

こんなもの、ポケットの中にスッと入れれば……。

店員の姿は、まるで見えない。

OK。いただいちゃおう。

祥子は、メモ帳をポケットへ滑り込ませると、階段の方へと歩き出した。

一階まで階段で降り、出口を出て、歩き出したとたん、腕をぐいとつかまれた。

「何よ！」

振り向いた祥子は、ちょっと青ざめた。

見憶えのある顔だった。――久本のことを訊きに来た刑事だ。

「何か――用ですか」

と、祥子は訊いた。

「話を聞きたくてね」

と、刑事が言った。

「もう話したじゃありませんか」

「忘れてたことがあったろう?」

「忘れてたこと?」

「久本と、あの日、ホテルへ行ったかどうかだ」

「そのことなら——」

「思い出してくれたんじゃないかと思ってね。——どう?」

「ますます思い出せないわ」

と、祥子は言った。

「そうか。じゃ、戻ろう」

「戻るって、どこへ?」

「今、君がメモ帳を万引きした売場へさ」

祥子は、息を呑んだ。見られていたのだ!

「——さあ、どうした?」

祥子は唇をかんだ。

刑事の方も、ちゃんと心得ている。スーパーの中で捕まえたら、

「下のレジで払うつもりだった」

と言い逃れができるが、外へ出てしまっては、無理だ。

「万引きの常習犯なんだろ？　当然、学校や家にも連絡が行くな」

祥子は、動けなかった。

「さあ。無理にでも引きずって行くか？」

「やめて」

祥子は首を振った。「家には黙っていて」

「それはこっちの決めることじゃない」

と、刑事は肩をすくめた。「俺は、義務として、君をスーパーに引き渡すだけだよ」

祥子は目を伏せた……。


「——やあ」

と、声がした。

祥子は、固い椅子に座ったまま、ゆっくりと顔を上げた。

部屋に入って来たのは、久本だった。

会社から連行されて来たのか、背広にネクタイのスタイルで、きちんとしている。

祥子は、目を伏せた。

「――この男を知ってるね」

と、刑事が言った。

久本が、向い合った椅子に腰をおろす。

「ええ」

祥子は、低い声で言った。

「この男と初めて会った日のことを、憶えてるね」

祥子は、久本を見た。

「――どうだ？」

と、刑事が言った。

「はい」

と、祥子が答える。

「何月何日か、言ってごらん」

祥子は、口を開きかけて、ためらった。

「さあ。――どうした？」

「私……」

「さっきは憶えてる、と言ったよ」

祥子は、肩を落として、

「ごめんなさい」

と言った。

「――いいんだ」

久本は言った。「刑事さん。この子を帰してやって下さい」

「重要な証人だからな」

「しかし、僕とホテルへ行っていたことが、家に分ってしまう。――僕が犯行を認めれば、証言の必要はないでしょう」

祥子が目を見開いて、久本を見つめる。

「自白するのか」

刑事が意外そうに言った。

「ええ。――この子は、ただ、あの日、現場の近くに僕がいた、ということしか証言できない。大して役には立ちませんよ」

と、久本は言った。

「よし。供述するんだな?」

「そう言ってるじゃありませんか」

「待ってろ」

刑事が他の刑事と打ち合わせを始めると、祥子は身を乗り出した。

「言うつもりじゃなかったの。ただ——」

「もういいんだ」

久本は肯いた。「この何日か、眠れなかった。怯えていてね。——当然の報いだが。妻にも、昨日、何もかも話してある。こうなって良かったんだ」

「でも——約束を破ったわ」

祥子は、両手を固く握りしめた。

「これで良かったんだ」

と、久本はくり返した。

「約束を破ったわ」

と、祥子もくり返した……。

「祥子!」

声をかけられて、祥子は振り返った。

「和美か」

祥子は、本の棚へ目を戻した。

学校の帰り道、本屋に寄っていたのである。

「何、捜してるの?」

「英文法の本。来週テストじゃない」

「へえ、やるわね」

和美は肩をすくめて、「もう投げてんだ、私」

「格好だけでもつけないとね」

祥子は、参考書の一冊をめくった。「これが一番近いかな。確か先輩にいつか見せてもらったのよね。この本だった、と思うんだ」

「いくら? ——高いじゃない!」

「仕方ないわよ」

「もったいないよ！　ね――やっちゃえば？」

と、和美が声をひそめる。

「この店は危いわ」

と、祥子は首を振った。

「大丈夫！　私、知ってんだ、死角になるところ。――平気だってば」

「でも、もし――」

「私、注意を引きつけてあげる」

和美は、祥子の肩をポンと叩いて、「レジに、コミックの新刊、いつ出るか訊くからさ。来週になんないと出ないって分ってるのを訊くから。ね、向うが調べてる間に。――いい？」

「和美……」

「じゃ、うまくやってね」

和美が、レジの方へ、ゆっくり歩いて行く。

祥子は、参考書を手に、じっと立っていた。

「あの――すいません」

と、和美の声が聞こえる。

祥子は、鞄の中に、素早く参考書を滑り込ませた。

――店を出て、少し行くと、和美が追いついて来る。

「どう？　うまく行った？」

祥子は、鞄から、その本を出して見せた。

「やったね！　いいチームワーク」

と、和美は楽しげに言った。

祥子は、突然、こみ上げて来たものに堪え切れず、足を止めた。

「――どうしたの？」

和美が振り向く。

罪の大小は、ただ法律の上で決まるのではない。祥子には、やっとそれが分ったのだ。

人を殺した久本よりも、祥子は、自分がもっともっと重い罪を犯したような気がしていた。

約束を破った祥子のために、久本は進んで罪を認めた。それなのに……。

私は今、何をしたのだろう？　私は、あの人を、もう一度裏切った。

「祥子。――大丈夫？」

和美が心配そうに言った。「祥子ったら……」

和美が面食らった顔で、立ち尽くす。

祥子が泣いていたのだ。

すすり泣きは、やがて激しい嗚咽に変って、祥子は駆け出した。

「祥子！」

和美は、祥子が落とした本を拾い上げると、あわてて後を追って駆け出して行った。

解説　ミッドエイティーズの赤ずきんたち
赤川次郎を『あまちゃん』的視線で読む

千野帽子
（文筆家）

赤川次郎の作品集『恋愛届を忘れずに』には、表題作を含む四つの短篇小説が収録されている。どの作品でも、登場人物たちの動機、そして場面の設定が、すべて筋（プロット）に奉仕するように書かれている。

赤川次郎の作品には、「ドライ」な面が出ているものと「おセンチ」な面が出ているものとがある。本書ではどの登場人物も基本的には、思い切りドライ仕上げで突き放して描かれている。彼らの行動が筋に奉仕するものである以上、その動機もシンプルで迷いがなく、つねにひとつのことだけを迷わず追求する。

その結果、彼らの行動はいつも一直線で、それを追う小説の文章も展開が早く、ひとつところにじっと留まることを知らない。

この短篇集は、一九八六年に実業之日本社の《ジョイ・ノベルス》から刊行された。手もとにある角川文庫版（一九八九年）には縄田一男さんの解説がついていて、それによると各篇の初出は一九八四年から八五年となっている。

そうか、ミッドエイティーズなのか。ざっと三〇年以上も前の小説なんだな。当時のいろんなコンテンツに登場する「世のなか像」のことを押さえておいたうえで、これを読むのがいいのかもしれない。


本書収録作はすべて《週刊小説》に発表されている。二〇〇一年まで存在した同誌は、のちの《月刊J－novel》の前身だ。

一九八四年一〇月九日号に掲載された「私への招待状」は、本書のなかでただひとつ、一人称で語られている。

会社に勤める佐田《さた》由紀子のもとに、当の由紀子と、好感度高い美男子の後輩社員上尾《あげお》雄一郎との結婚披露宴の招待状が届く。由紀子には思い当たる節がまったくない。語り手の太田利江《としえ》は、同期入社の由紀子と自分のことを、〈二十九になって、共に独身〉、と、少々自嘲気味に紹介している。

この時代の女子平均初婚年齢は二五歳台だった。また、本書所収の作品が発表されたのは、通称「男女雇用機会均等法」の施行前夜だ。

これを押さえておくと、彼女たちが二一世紀前半のアラサー女子とはやや違う状況に置かれていることがわかる。

一九八四年は、宮藤官九郎脚本のドラマ『あまちゃん』（二〇一三）でいうなら、少女時代の天野春子（有村架純が演じた）が家出して上京した年でもある。「私への招待状」掲載号が出た時期のヒットチャート一位は、のちに天野春子を演じることになる小泉今日子の「ヤマトナデシコ七変化」。

その一九八四年に、作者・赤川次郎は、『青春共和国』『いつか誰かが殺される』『晴れ、ときどき殺人』『愛情物語』の四作が立て続けに映画化された作家だった。

これ以前も以後も、今日まで一貫して人気作家であり続けているとはいうものの、この作品集に収録された作品を書いている時期は、その風圧がひとしおだったのだ。

『トロピカルミステリー　青春共和国』は安田成美の初主演映画。『晴れ、ときどき殺人』『いつか誰かが殺される』はそれぞれ井筒和幸監督、崔洋一監督。渡辺典子の最初の二本の主演映画であり、この当時のアイドル映画の常で、主演女優が主題歌を歌った。

『愛情物語』は角川春樹製作・監督、原田知世主演で公開された。これも主題歌を主演女優が歌った。

この年は赤川作品がさらに単発・連ドラ併せて一〇本以上のＴＶドラマにもなり、そのなかにも渡辺典子主演の『探偵物語』がある。前年の映画版のヒロインは、のちに『あまちゃん』で「女優・鈴鹿ひろ美」を演じることになる薬師丸ひろ子だった。赤川作品の主人公を演じたアイドル女優は数多い。

「私への招待状」とつぎの「恋愛届を忘れずに」のあいだ、一九八五年二月に、赤川次郎は『早春物語』を刊行している。

表題作「恋愛届を忘れずに」は、本作品中もっとも明るい作風のものだ。《週刊小説》一九八五年五月一〇日号に発表された。

中森明菜が、松岡直也作曲・編曲のラテンナンバー「ミ・アモーレ」（レコード大賞受賞作）と、その別ヴァージョンである「赤い鳥逃げた」の両方をチャート上位に入れていた週（後者は一位）、ということになる。

呑気で軽薄な吉原和司《よしわらかずし》は大学に行かずにアルバイトに明け暮れ、そのガールフレンドである社長令嬢・多田礼子は父の会社の取引先にたいしてハッタリでもなんでもとにかく顔が効く。いっぽう安永恭子は、〈どこかの実業高校を出て上京して来たばかりというところだろう〉と和司によって推測されている。

不真面目で勉強しないという大学生像も、社内でおもにお茶汲みに従事しているという高卒女子社員像も、どちらも昭和らしい。何度も言うが雇均法前夜である。

恭子は上司に持たされた重要な機密書類を、届け先の会社に向かう途中で盗み取られてしまう。偶然から彼女と知り合った礼子と和司は、純粋な好奇心から、学校をサボって事態を明るみに出そうとする。この時代、小説や映画のなかで、都市の路上は、わくわくさせる冒険がはじまりうる場所として記述されることがあった。

加えて赤川次郎の登場人物たちがまた、いつでもフットワークが軽く、ノリがよくて不用心ときている。小説の登場人物というよりは、ペローやグリム兄弟の作品に出てくる赤頭巾のほうに近い（赤川次郎はのちに『赤頭巾ちゃんの回り道』という小説も書いている）。

密書の受け渡しを引き受けた恭子も、また事件捜査に乗り出す礼子と和司も、登場人物たちはあまりに簡単にほいほいと、ミッションを引き受けてしまう。登場人物たちがプロットに奉仕する、と冒頭に書いたのは、要するにこういうことなのだ。

赤頭巾である恭子にとってお母さん（タスクを与える存在）に相当するのは、憧れの男性上司だ。少々ハゲ上がっているが女子社員のあいだで評価の高いナイスミドルの峰島課長（と、山村専務）。密書の届け先であるおばあさんは、ひとまず恭子のお使い先の某社ということにしておこう。ヒロインを危機から救う猟師が恭子と和司。

では、ヒロインを食べてしまう狼はだれだろうか？

この翌月に、赤川次郎原作の『結婚案内ミステリー風』が『結婚案内ミステリー』として映画化された。渡辺典子と渡辺謙のダブル渡辺（そんな言葉はない）が主演だった。

「町が眠る日」は《週刊小説》一九八五年七月五日号に掲載された。本書所収の作品のなかでただひとつ、若者が関与しない作品であり、またもっともドライな語り口の作品でもある。他の三篇と違って、だれが中心人物だということが言えない。すべての登場人物が、ひとしなみに突き放されている。

秋晴れの一日。町内の運動会で団地がまるまる空っぽになってしまう。近所の商店街すら閉まってしまうという。そういう一種シュールな状況を作り出すことで、この短篇は残酷なお伽噺となった。

この作品と、つぎの「私からの不等記号」とのあいだに、映画『早春物語』が原田知世の主演・主題歌で公開されている。


一九八五年には、プラザ合意によって日本のバブル経済が準備され、豊田商事の会長が刺殺され、日本航空機が御巣鷹山に墜落し、阪神タイガースが優勝した。こうまとめるとずいぶんと騒々しい年だった感じがする。

それで一九八〇年代のアイドル歌謡をいま聴くと、案の定ひどく能天気な曲がある。「ヤマトナデシコ七変化」がそうだし、本書最終篇「私からの不等記号」の掲載号が出た週にチャート上位にいたおニャン子クラブ「およしになってねＴＥＡＣ

HER」もそうだ。二一世紀前半の人間は、一九八〇年代にこういう単純化したイメージを抱きがちだ。

ところがそのいっぽうで、同じ週にチャートにあった菊池桃子の「もう逢えないかもしれない」のように、一九八〇年代のアイドル歌謡にはまた、過剰におセンチな曲もある（いま気づいて驚いたが、「愛情物語」「早春物語」「ヤマトナデシコ七変化」「ミ・アモーレ」「赤い鳥逃げた」「もう逢えないかもしれない」の歌詞は、すべて康珍化《かんちんふぁ》が手がけた）。のちのJ－POPでは耳にしなくなったそのウェットな仕上がりで、昭和歌謡はときに現代人の耳をたじろがせる。

これと同じように、全般にドライ仕上げな本書のなかで、「私からの不等記号」だけは、赤川次郎の「おセンチ」サイドの味わいが出ている。この短篇は《週刊小説》一九八五年一一月八日号に発表された。

妻子ある四三歳の会社員・久本隆一が、一六歳の高校生・西原祥子を「買う」。久本には妻も、祥子と同じ年ごろの娘もいる。そしてもうひとつ、大きな秘密を抱えていた。祥子には祥子で、売春とはべつに、後ろ暗い行為があった。

秋元康作詞の「およしになってねTEACHER」は、誘惑的に振る舞いながらも既婚の中年教師との不倫関係に踏みこむ危険は軽やかに回避するという、そんなしたたかな高校生像を、コミカルに作り上げた。

いっぽう「私からの不等記号」は、同時代のその軽さに釘をさすようなモラリスティックな結末を迎える。そのおセンチさで、それまで読んできたこの短篇集の印象は少なからず変わる。久本と祥子とは「もう逢えない」のだ。

本書で、登場人物のうちの何人かは、きわめてあっさりと「ひどい目」に遭ってしまう。淡々とした記述は彼らを突き放し、残酷な乾いた笑いすら含んでいる。

これは、いっそミッドエイティーズの民話なのではないか。

さきほど「赤頭巾」を引き合いに出したけれど、「赤頭巾」や「青髭」に見られるように、民話は人をあっさりと殺す。また性的なことがらをあっけらかんとあつかう。近代小説に比べると淡々としてて、ある意味ビジネスライクだ。

赤川次郎の作品はときに、民話の持つこの抽象度を目指そうとしているように見える。そのつるんとしたシンプルさゆえに、人はついつい赤川作品のなかにアイドル女優を代入して、生《き》のままで動かしてみたくなるのだ。

この作品は、
一九八六年に実業之日本社よりジョイ・ノベルスとして、
一九八九年に角川文庫として刊行されたものです。

実業之日本社文庫　最新刊

相場英雄
偽金　フェイクマネー
リストラ男とアラサー女、史上最強の大逆転劇！〈偽金〉を追いかけるふたりの陰で、現代ヤクザが暗躍――。極上エンタメ小説！（解説・田口幹人）
あ91

赤川次郎
恋愛届を忘れずに
憧れの上司から託された重要書類がまさかの盗難！新人OL・恭子は奪還を試みるのだけれど――。名手がおくる痛快ブラックユーモアミステリー。
あ110

梓林太郎
旭川・大雪　白い殺人者　私立探偵・小仏太郎
北海道で発生した不審な女性撲殺事件。解決の鍵は、謎の館の主人が握る――？　下町人情探偵が走る、大人気トラベルミステリー！
あ38

風野真知雄
江戸城仰天　大奥同心・村雨広の純心3
将軍・徳川家継の跡目を争う、紀州藩吉宗ら御三家の陰謀に大奥同心・村雨広は必殺の剣「月光」で立ち向うが大奥は戦場に……好評シリーズいよいよ完結!!
か15

黒野伸一
本日は遺言日和
温泉旅館で始まった「遺言ツアー」は個性派ぞろいの参加者たちのおかげで大騒ぎに…『限界集落株式会社』著者の「終活」小説！（解説・青木千恵）
く71

今野 敏
叛撃
空手、柔術、スタントマン……誰かを、何かを守るために闘う男たちの静かな熱情と、迫力満点のアクションが胸に迫る、切れ味抜群の傑作短編集。
こ29

東郷 隆
初陣物語
その時、織田信長14歳、徳川家康17歳、長宗我部元親22歳。戦国のリアルな戦いの姿を描く傑作歴史小説集！（解説・末國善己）
と35

葉月奏太
昼下がりの人妻喫茶
珈琲の香りに包まれながら、美しき女店主や常連客の美女たちと過ごす熱く優しい時間――。心と体があったまる、ほっこり癒し系官能の傑作！
は62

吉川トリコ
うたかたの彼
ふらりと現れ去っていく男。彼と過ごす束の間の甘い時間の中で、女たちが得るものとは……。不器用な大人の女性に贈る、甘くて苦い恋愛小説集。
よ32

実業之日本社文庫　好評既刊

赤川次郎
毛並みのいい花嫁
ちょっとおかしな結婚の裏に潜む凶悪事件に、亜由美と愛犬ドン・ファンの迷コンビが挑む！「賭けられた花嫁」も併録。（解説・瀧井朝世）
あ11

赤川次郎
花嫁は夜汽車に消える
30年前に起きた冤罪事件と〈ハネムーントレイン〉から姿を消した花嫁の関係は？ 表題作のほか「花嫁は天使のごとく」を収録。（解説・青木千恵）
あ12

赤川次郎
MとN探偵局　悪魔を追い詰めろ！
麻薬の幻覚で生徒が教師を死なせてしまった。17歳女子高生・間近紀子（M）と45歳実業家・野田（N）のコンビが真相究明に乗り出す！（解説・山前 譲）
あ13

赤川次郎
花嫁たちの深夜会議
ホームレスの男が目撃した妖しい会議の内容とは⁉ 亜由美と愛犬ドン・ファンの推理が光る。「花嫁は荒野に眠る」も併録。（解説・藤田香織）
あ14

赤川次郎
MとN探偵局　夜に向って撃て
一見関係のない場所で起こる連続発砲事件。犯人の目的とは……？ 真相解明のため、17歳女子高生と45歳実業家の異色コンビが今夜もフル稼働！（解説・西上心太）
あ15

赤川次郎
許されざる花嫁
長年連れ添った妻が、別の男と結婚する。新しい夫には良からぬ噂があるようで…。表題作のほか1編を収録した花嫁シリーズ！（解説・香山二三郎）
あ16

実業之日本社文庫　好評既刊

赤川次郎
売り出された花嫁

老人の愛人となった女、「愛人契約」を斡旋し命を狙われる男……二人の運命は!?　女子大生・亜由美の推理が光る大人気花嫁シリーズ。（解説・石井千湖）

あ17

赤川次郎
死者におくる入院案内

殺して、隠して、騙して、消して――悪は死んでも治らない？「名医」赤川次郎がおくる、劇薬級ブラックユーモア！　傑作ミステリ短編集。（解説・杉江松恋）

あ18

赤川次郎
崖っぷちの花嫁

自殺志願の女性が現れ、遊園地は大混乱！　事件の裏にはお金の香りが――？　ロングラン花嫁シリーズ文庫最新刊！（解説・村上貴史）

あ19

梓林太郎
高尾山　魔界の殺人　私立探偵・小仏太郎

この山には死を招く魔物が棲んでいる!?――東京近郊の高尾山で女二人が殺された。事件の真相を下町探偵が解き明かす旅情ミステリー。（解説・細谷正充）

あ35

梓林太郎
富士五湖　氷穴の殺人　私立探偵・小仏太郎

警視庁幹部の隠し子が失踪!?　大スキャンダルに発展しかねない事件に下町探偵・小仏太郎が奔走する。傑作トラベルミステリー！（解説・香山二三郎）

あ36

梓林太郎
長崎・有田殺人窯変　私立探偵・小仏太郎

刺青の女は最期に何を見た――？　警察幹部の愛人を狙う猟奇殺人事件を追え！　大人気旅情ミステリーシリーズ、文庫最新刊！

あ37

実業之日本社文庫　好評既刊

蒼井上鷹
あなたの猫、お預かりします
猫、犬、メダカ……ペット好きの人々が遭遇する奇妙な事件の数々。『4ページミステリー』の著者が贈るユーモアミステリー、いきなり文庫化！
あ42

蒼井上鷹
動物《ペット》珈琲店《カフェ》ブレーメンの事件簿
珈琲店に集う犬や猫、そして人間たちが繰り広げるドタバタ事件の真相は？　答えは動物だけが知っている！　傑作ユーモアミステリー
あ43

碧野 圭
銀盤のトレース age15転機
名古屋のフィギュアスケート強豪高へ入学した竹中朱里。全日本ジュニア代表を目指し、ライバル達と切磋琢磨する青春の日々を描く。（解説・伊藤みどり）
あ51

五十嵐貴久
年下の男の子
37歳、独身OLのわたし。23歳、契約社員の彼。14歳差のふたりの恋はどうなるの？　ハートウォーミング・ラブストーリーの傑作！（解説・大浪由華子）
い31

五十嵐貴久
ウエディング・ベル
38歳のわたしと24歳の彼。年齢差14歳を乗り越えて結婚を決意したものの周囲は？　祝福の日はいつ？　結婚感度UPのストーリー。（解説・林 毅）
い32

恩田 陸
いのちのパレード
不思議な話、奇妙な話、怖い話が好きな貴方に――クレイジーで壮大なイマジネーションが跋扈する恩田マジック15編。（解説・杉江松恋）
お11

実業之日本社文庫　好評既刊

伽古屋圭市
からくり探偵・百栗柿三郎
「よろず探偵承り」珍妙な看板を掲げる発明家・柿三郎が、不思議な発明品で事件を解明!? "大正モダン"な本格ミステリー。(解説・香山二三郎)
か41

加藤実秋
さくらだもん！　警視庁窓際捜査班
桜田門＝警視庁に勤める事務員・さくらちゃんがエリート刑事が持ち込む怪事件を次々に解決！　安楽椅子探偵にニューヒロイン誕生。

か61

北杜夫
マンボウ最後の家族旅行
どくとるマンボウ氏、絶筆を含む最後のエッセイ集。妻・齋藤喜美子氏による「マンボウ家の五〇年」、娘・由香氏のあとがき収録。(解説・小島千加子)
き24

鯨統一郎
大阪城殺人紀行　歴女学者探偵の事件簿
豊臣の姫は聖母か、それとも――？　疑惑の千姫伝説に導かれ、歴女探偵三人組が事件を解決！　大注目トラベル歴史ミステリー。(解説・佳多山大地)
く13

田中啓文
こなもん屋うま子
たこ焼き、お好み焼き、うどん、ピザ……大阪のコテコテ&怪しいおかんが絶品「こなもん」でお悩み解決！　爆笑と涙の人情ミステリー！(解説・熊谷真菜)
た61

知念実希人
仮面病棟
拳銃で撃たれた女を連れて、ピエロ男が病院に籠城。怒濤のドンデン返しの連続。一気読み必至の医療サスペンス、文庫書き下ろし！(解説・法月綸太郎)
ち11

実業之日本社文庫　好評既刊

西澤保彦
腕貫探偵
いまどき〝腕貫〟着用の冴えない市役所職員が、舞い込む事件の謎を次々に解明する痛快ミステリー。安楽椅子探偵に新ヒーロー誕生！（解説・間室道子）
に2 1

西澤保彦
腕貫探偵、残業中
窓口で市民の悩みや事件を鮮やかに解明する謎の公務員は、オフタイムも事件に見舞われて……。大好評〈腕貫探偵〉シリーズ第2弾！（解説・関口苑生）
に2 2

西村京太郎
十津川警部　わが屍に旗を立てよ
喫茶店「風林火山」で殺されていた女と「風が殺した」の文字の謎。武田信玄と事件の関わりは？　傑作トラベルミステリー！（解説・小梛治宣）
に1 10

西村京太郎
私が愛した高山本線
古い家並の飛騨高山から風の盆の八尾へ。連続殺人事件の解決のため、十津川警部の推理の旅がはじまる！長編トラベルミステリー（解説・山前　譲）
に1 11

貫井徳郎
微笑む人
エリート銀行員が妻子を殺害。事件の真実を小説家が追うが……。理解できない犯罪の怖さを描く、ミステリーの常識を超えた衝撃作。（解説・末國善己）
ぬ1 1

東川篤哉
放課後はミステリーとともに
鯉ケ窪学園の放課後は謎の事件でいっぱい。探偵部副部長・霧ケ峰涼のギャグは冴えるが推理は五里霧中。果たして謎を解くのは誰？（解説・三島政幸）
ひ4 1

実業之日本社文庫　好評既刊

東野圭吾
白銀ジャック
ゲレンデの下に爆弾が埋まっている――圧倒的な疾走感で読者を翻弄する、痛快サスペンス！　発売直後に100万部突破の、いきなり文庫化作品。

ひ11

東野圭吾
疾風ロンド
生物兵器を雪山に埋めた犯人からの手がかりは、テディベアの写ったスキー場らしき写真のみ。ラスト1頁まで気が抜けない娯楽快作、まさかの文庫書き下ろし！

ひ12

平谷美樹
蘭学探偵 岩永淳庵　海坊主と河童
江戸の科学探偵がニッポンの謎と難事件を解く！　歴史時代作家クラブ賞受賞の気鋭が放つ渾身の時代ミステリー。いきなり文庫！（解説・菊池仁）
ひ51

平谷美樹
蘭学探偵 岩永淳庵　幽霊と若侍
墓参りに訪れた女が見た父親の幽霊は果たして本物か!?　若き蘭学者が江戸の不思議現象を科学の力でご明察。痛快時代ミステリー
ひ52

誉田哲也
主よ、永遠の休息を
静かな狂気に呑みこまれていく若き事件記者の彷徨。驚愕の結末。快進撃中の人気作家が描く哀切のクライム・エンターテインメント！（解説・大矢博子）
ほ11

宮下奈都
よろこびの歌
受験に失敗し挫折感を抱えた主人公が、合唱コンクールをきっかけに同級生たちと心を通わせ、成長する姿を美しく紡ぎ出した傑作。（解説・大島真寿美）
み21

実業之日本社文庫　好評既刊

宮下奈都
終わらない歌
声楽、ミュージカル。夢の遠さに惑う二十歳のふたりは、突然訪れたチャンスにどんな歌声を響かせるのか。青春群像劇『よろこびの歌』続編！（解説・成井豊）
み22

木宮条太郎
水族館ガール
かわいい！だけじゃ働けない――新米イルカ飼育員の成長と淡い恋模様をコミカルに描くお仕事青春小説。水族館の舞台裏がわかる！（解説・大矢博子）
も41

木宮条太郎
水族館ガール2
水族館の裏側は大変だ！　イルカ飼育員・由香の恋と仕事に奮闘する姿を描く感動のお仕事ノベル。イルカはもちろんアシカ、ペンギンたち人気者も登場！

も42

山下貴光
ガレキノシタ
突如崩壊した高校校舎――後悔も友情も、憎しみも希望も抱えたまま生き埋めになった生徒たちが運命に抗う！　傑作青春サバイバル小説。（解説・大森 望）
や41

山本幸久
ある日、アヒルバス
若きバスガイドの奮闘を東京の車窓風景とともに描く、お仕事＆青春小説の傑作。特別書き下ろし「東京スカイツリー篇」も収録。（解説・小路幸也）
や21

柚木麻子
王妃の帰還
クラスのトップから陥落した〝王妃〟を元の地位に戻すため、地味女子４人が大奮闘。女子中学生の波乱の日々を描いた青春群像劇。（解説・大矢博子）
ゆ21

文日実
庫本業 あ 1 10
社之

恋愛届《れんあいとどけ》を忘《わす》れずに

2015年12月15日　初版第1刷発行

著　者　赤川次郎《あかがわじろう》

発行者　増田義和
発行所　株式会社実業之日本社
〒104-8233　東京都中央区京橋 3-7-5 京橋スクエア
電話 [編集]03(3562)2051 [販売]03(3535)4441
ホームページ http://www.j-n.co.jp/
印刷所　大日本印刷株式会社
製本所　大日本印刷株式会社

フォーマットデザイン　鈴木正道(Suzuki Design)

＊本書の一部あるいは全部を無断で複写・複製（コピー、スキャン、デジタル化等）・転載することは、法律で認められた場合を除き、禁じられています。
また、購入者以外の第三者による本書のいかなる電子複製も一切認められておりません。
＊落丁・乱丁（ページ順序の間違いや抜け落ち）の場合は、ご面倒でも購入された書店名を明記して、小社販売部あてにお送りください。送料小社負担でお取り替えいたします。
ただし、古書店等で購入したものについてはお取り替えできません。
＊定価はカバーに表示してあります。
＊小社のプライバシーポリシー（個人情報の取り扱い）は上記ホームページをご覧ください。

©Jiro Akagawa 2015　Printed in Japan
ISBN978-4-408-55264-4（文芸）